JN039428

KNOCKIN' ON LOCKED DOOR

ノッキンオン・ロックドドア

［ 公式シナリオブック ］

KNOCKIN'ON LOCKED DOOR

KNOCKIN'ON LOCKED DOOR

KNOCKIN'ON LOCKED DOOR

KNOCKIN' ON

ノッキンオン・ロックドドア

公式シナリオブック

LOCKED DOOR

CONTENTS

第1話

KNOCKIN'ON LOCKED DOOR

1 探偵事務所『ノッキンオン・ロックドドア』・外

ドアをノックする誰かの手――。

コン……コン、コン。

再びノック。コン、コン、コンコンコン。

続けてノック。コンコンコンコン。

倒理（声）「ノック！　その音が全てを語る――」

ドアの前にいる来客（顔は見せない）が振り返ると、後ろにいる食材の袋を手にした男性――御殿場倒理（28）。

季節は夏。カジュアルな服装。タートルネックの七分袖。そして髪は巻き毛。

倒理「だからこそチャイム、呼び鈴、ノッカーの類いは必要ない。想像することを奪われる」

風変わりなさびれた雑居ビル――。

確かに入り口にはチャイム、呼び鈴、ノッカーの類いがない。

室内から『はい、今、開けますー』という男性の声。

倒理はロジカルに速射砲のように話す。

倒理「ノックによる音は千差万別。強弱、長短、間隔を手がかりに、戸口にどんな人間が立っているのか推測が立つ。例えば――」

倒理が話しながら玄関に近づいて――。

倒理「――慣れた調子でトントンと響けば、近所の奥さんが回覧板を持ってきたのがわかるし、肘で叩くようにゴッゴッと鳴れば、両手でダンボールを抱えた配達員。ガンガンガン！　と怒濤の如く響けば、家賃の催促に来た隣の大家さんだから、とにかく警戒が必要だ」

2 同・中

扉を開けようとする男性——だが開かない。

男性「——」

外から誰かが止めている。

倒理（声）「答え合わせだ——」

3 同・外

扉を止めているのは倒理。

ドアを挟んで、一息つくスーツにワイシャツ姿で眼鏡をかけた男性——片無氷雨（28）。

氷雨「お客さんが（いるんじゃ）——」

倒理「先に答えろ。最初ノックは？」

× × ×

フラッシュ——シーン1。

コン……コン、コン。

× × ×

氷雨「チャイムもノッカーも見当たらなくて戸惑った。うちに来るのは初めて」

倒理「次のノックは？」

× × ×

フラッシュ——シーン1。

コン、コン、コンコンコンコン。

コンコンコンコン。

× × ×

氷雨「長かった。だいぶ慌てていて、切迫した状況」

倒理「性別は？」

氷雨「性別？」
倒理「ノックの音は弱かった。女性だ。まとめると、うちに来るのは初めてで、何やら切迫した状況にいる女性。つまりは――」
氷雨「――依頼人――」
　扉が開かれ、氷雨が顔を見せる。
　困惑の表情で立っているのは、四ノ宮由希子(60)。
氷雨「何かすみません」
由希子「あの、ここって、ノッキンオン……ええっと」
氷雨「探偵事務所――『ノッキンオン・ロックドドア』……。はい、うちで合ってます」
倒理「名前言うとき若干照れるの、いつまで続けるんだよ」
氷雨「黙ってて。(由希子を慇懃に招き入れて)ご依頼ですね。どうぞ中へ」

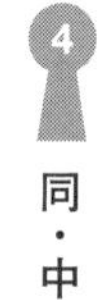

同・中

　住居兼事務所――。
　応接室を兼ね備えた部屋に由希子が通されると、若い女性が慌てて片付けている。
　制服姿にエプロン――薬師寺薬子(17)。
薬子「(にっこりと)いらっしゃいませ」
倒理「(時計を見て)薬子ちゃん、時間だ。あと三分で国の規定を超える。上がって」
薬子「(意に介さず)私には労働が必要なんです」
倒理「そもそもうちに家政婦を雇う金はない」
由希子「こちら家政婦さん――？」
　思わず二度見する。
薬子「ちなみに今月の労働の対価、支払いがまだですが」
倒理「この依頼人次第だな」
氷雨「色々突っ込みたいことがあるかと思いますが、スルーして下さい。どうぞ、お掛けに――」

氷雨と向き合って由希子が座る。
薬子が麦茶を置く。

薬子「粗茶ですが。ごゆっくりー（と出て行く）」

倒理は立ったままで、

倒理「まずは確認を。身辺調査、人捜し、浮気調査なんかは俺はやらない。こいつがやる」
氷雨「押し付けてるだけでしょ」
倒理「依頼内容は？」
由希子「今朝、うちで事件が起きて……」
倒理「事件――」
由希子「（声が震え）夫が亡くなって……ニュースになっているはずです。名前は四ノ宮英夫（ひでお）」

手にしたハンカチを目に――涙が伝う。
倒理が微かに何かの匂いを嗅ぐ。
目を閉じて、巻き毛を触る。

氷雨「失礼――」

スマホで確認する。倒理が覗き込む。
今朝、画家の四ノ宮英夫が自宅アトリエで何者かに殺害されたと記載。

倒理「殺人――！」
氷雨「（神妙に）お悔やみ申しあげます」
倒理「（恍惚（こうこつ）の表情で）テンションあがる」
氷雨「喜ばない」
倒理「依頼人が求めるのは、お悔やみの言葉じゃなく謎を解くこと。だからここにいる」

倒理は氷雨の隣に座ってテーブルに足を

のせる。

氷雨「足をのせない」

由希子「……」

氷雨「でも殺人事件なら、警察が捜査を行っていますよね」

由希子「それがちょっと捜査しただけで、二人の刑事さん以外、みんな引き払ってしまって……」

倒理と氷雨が顔を見合わせる。

倒理「それで仲介屋のおっさんに紹介されて来たのか」

由希子「（頷いて）優秀な探偵さんが力になってくれると聞いたんですが……どちらが探偵さん？」

沈黙の間――。

倒理「残念ながら、両方」

由希子「両方？」

氷雨「うちは共同経営なんです。こっちが不可能担当、御殿場倒理。僕が不可解担当、片無氷雨です」

由希子「不可能……不可解？」

倒理「得意分野。俺はトリックなんかを、こいつは動機なんかを探る専門」

氷雨「で、今回のご依頼はどちらになりますか？」

由希子「（考えて）どちらかと言うと――」

倒理と氷雨が身を乗り出す。

氷雨「言うと――」

倒理「不可能？　それとも不可解？」

さらに身を乗り出す――。

由希子「両方かしら」

氷雨が自重して小さく頷く。

倒理は満面の笑みになって、

倒理「最高の殺され方――!」

氷雨「倒理!」

倒理が笑顔で由希子を真っ直ぐ見つめて――。

倒理「ご安心を。俺たちに解けない謎はない――」

○タイトル

5 走るタクシー

後部座席に倒理と由希子。助手席に氷雨が座っている。微かに鼻を啜る音。

倒理が車内ミラーを見る。氷雨が背後を気にする。

ハンカチを手に由希子が泣いている。

目が合い、涙を拭う由希子。

倒理「俺たちを気にする必要はない」

由希子「え……」

倒理「泣くことがデトックスになる――」

氷雨は思案顔で、眼鏡を押し上げる。小型タブレットを取り出し、依頼人から聞いた情報を確認する。

氷雨(N)「被害者は四ノ宮英夫、60歳――」

×　×　×

インサート――四ノ宮家・2階・アトリエ。

絵を描く四ノ宮英夫(60)。

氷雨(N)「生まれながらにして視力障害があったが、十七歳のとき手術により、奇跡的に快復。それから絵画を描き始めた。光をモチーフにする抽象画家として知られ、『煌めきの画家』との異名を持つ」

× × ×

インサート——マスコミのインタビュー。

英夫が取材を受けている。

少し離れて見守る由希子。

氷雨（N）「同じく画家だった四ノ宮由希子とは、英夫の一目惚れで結婚。由希子は家庭に入って、夫を支えるのに専念した。美術界では有名なおしどり夫婦で、由希子は英夫にとってのミューズ」

× × ×

インサート——家族写真。

英夫、由希子、そして息子の四ノ宮竜也（りゅうや）（22）。

氷雨（N）「息子が一人いる。四ノ宮竜也、二十二歳。画家の卵の美大生。まさに絵に描いたような芸術一家」

× × ×

氷雨がタブレットを見つめる。

氷雨（N）「そして事件が発覚したのは、今朝九時頃——」

6 （事件発覚の映像）　四ノ宮家・1階・リビング　（朝）

由希子と竜也が朝食を食べている。

画商の寺本健二（てらもとけんじ）（47）が来る。

寺本「奥さん、竜也君、朝からすみません。先生はどちらに？」

竜也「アトリエ」

寺本「この時間に約束したんだけどな」

由希子「昨日の夜からずっとなんです。仕事が佳境みたい」

寺本「じゃあ私が呼んできます」

竜也「僕も一緒に。画材を借りたいから――」

7 （事件発覚の映像）　同・2階・アトリエの前（朝）

竜也と寺本がドアの前にいる。

寺本「四ノ宮先生」

返事がない。ドアノブに手をかけると鍵がかかっている。掛け金を回転させて受け金に落とすタイプのひっかけ鍵。

寺本がドアを強く二度、三度ノック。

同時に呼びかけるが応答がない。

竜也と寺本が顔を見合わせる。

竜也「これだけ声をかけても反応がないって……」

寺本「まさか、倒れてるんじゃ――」

竜也「！……外から鍵を開けます。母に言って定規か何かを持ってきてもらえますか」

×　×　×

竜也「父さん！　父さん！　聞こえる？　返事して！」

慌てて寺本が由希子を連れて、アルミ製の薄手の定規を持って来る。

竜也が定規を受け取ると、ドアの隙間に差し入れて、すっと動かす。

竜也「開いた！」

室内に入る一同。

由希子・竜也・寺本「!?」

悲鳴をあげる由希子――。

四ノ宮英夫は背中にナイフを突き立てられ、部屋の真ん中にうつ伏せになっていた！

さらに壁に飾られていた四ノ宮英夫の代表作の絵がすべて額縁から出されて床に放られており、しかも一枚は真っ赤に塗り潰されていた！

四ノ宮家の前

タクシーが到着。

由希子に促され、豪邸に向かう倒理と氷雨。

倒理「この家、いくらするんだ？」

氷雨「（小声で）四ノ宮英夫の絵は、海外のオークションで高値が付いたことから、一気に売れ始めたらしいよ」

倒理「報酬、二桁は堅いな――！」

由希子の耳に届いて、倒理を一瞥する。

氷雨「（倒理に小声で）もう黙れ」

と言いつつ、由希子ににっこりと頭を下げる氷雨。

同・1階・リビング

項垂れている竜也。寺本もいる。

倒理と氷雨、由希子がいる。

寺本「こういう殺人を扱う探偵って本当にいるんですね」

倒理は寺本のスーツの袖を見る。わずかに白い粉のようなものが付着している。

倒理「……」

倒理の瞳に映る白い粉――。

寺本「（氷雨を見て）こちらは助手の方？」

氷雨「（ムッと）いいえ、僕も探偵です」

倒理は笑っている。

寺本「探偵が二人……？」

由希子「アトリエにいる刑事さんを呼んできます」

竜也「……僕は部屋にいるよ」

去る竜也の後ろ姿をジッと見る倒理。

寺本もリビングの椅子に座る。

黙っている氷雨の顔をニヤリと見る倒理。

倒理「傷ついてるな。助手に間違えられたの、これで何回目だ？」

氷雨「ほっといて」

倒理「お前は個性がなさすぎるんだよ」

氷雨「探偵に必要なのは、個性じゃなくて推理力。そっちこそ、依頼人の前で、感情丸出しは駄目だっていつも言ってるだろ」

倒理「血が騒ぐだろ。密室殺人なんて」

氷雨「その密室だけど、妙だと思わない？」

倒理「ん？」

氷雨がタブレットを取り出し確認する。

氷雨「死亡推定時刻は深夜一時頃。被害者はナイフで背中から刺されていた。指紋も拭き取ってあった」

倒理「それのどこが妙なんだ？」

氷雨「つまり自殺の線はない。間違いなく殺人――だとしたら何故犯人は密室を作った？　動機が見当たらない」

倒理「うーん、それは俺じゃない、お前の担当（だ）」

穿地（声）「二人とも担当外――」

　由希子が連れて来た女性――警視庁刑事部捜査一課警部・穿地決（28）。
　穿地が微かに首を回すような動作をする。

倒理「担当は、お前だったか、穿地」
氷雨「久しぶりだね」
穿地「……」
由希子「お知り合い？」
倒理「彼女が飲み慣れない酒に酔って、俺の下宿先のトイレに顔を埋めていた頃から知っている」
氷雨「大学で同じゼミだった友人（なんです）――」
穿地「（被せて）ただの知り合いです」
氷雨「……だ、そうです」

穿地「（由希子に）後はお任せ下さい」

　穿地が再度軽く首を回し、近づいて来る。

穿地「事件の内容を聞いたんなら、何か意見は？」
倒理「さあ。現場を見ないことにはなんとも」
穿地「安楽椅子探偵というジャンルもある」
倒理「やけに苛立ってるな」
穿地「探偵なら理由を推理――」
倒理「二度無意識に首を回す動作をした。人類が二本足で歩くことになった代償――肩こりだ。仕事漬けでまともに布団で寝てないな」
氷雨「朝と昼も抜いてるね。前よりベルトの留め穴、一つ後ろだし」
穿地「……」
倒理「キャリアなのに自ら現場志願。結果出して、色眼鏡で見てる奴ら黙らせようと躍起になってんだろ」

穿地「正解は——何かボロを出すと思って泳がせた関係者が、訳のわからない探偵を二人も連れて戻ってきたから」

氷雨「なるほど。警察が早々に引き上げたのは、戦略だったんだね」

倒理「(満面の笑みで)——」

穿地「……何？」

倒理「そんな待ちの姿勢を取ったってことは、謎がまるで解けてないってことか」

穿地「……」

倒理「現場見せてみろよ」

氷雨「頼むよ、穿地」

穿地「十分だけ。ただし謎が解けたら手柄は全部もらうから」

10 同・階段〜2階・アトリエ前

穿地に連れられ、倒理と氷雨が歩く。

狭い階段いっぱいに濃い赤色の絨毯が敷かれている。

階段は十段程度。絨毯はさらに続いて、一メートルの短い廊下にも敷かれている。

アトリエ前のドア。色は白。色合いにはムラがあり、ドアの上にはペンキのダマがいくつかある。

倒理「素人の塗装だな」

氷雨「塗ったのは被害者本人？」

穿地「(頷いて)三日前に。気分屋で創作に行き詰まったら塗り替えていたらしい」

倒理がドアの下を見る。

微かな違和感。巻き毛に触れる。

11 同・2階・アトリエ

穿地に続いて、倒理、氷雨が入る。

美術関係の本と画材が並び、その横にパレットを洗うための洗面台、さらに横には仕事机。倒れたイーゼルの脇に、人の形をした白線が引かれている。

室内には——刑事がいる。警視庁刑事部捜査一課、巡査部長・小坪清太郎(こつぼせいたろう)(45)。

倒理「よお」
氷雨「現場見させて頂きます」
小坪「またこいつらですか。上に知られたら怒られますよ」

穿地「知られたらな」
小坪「報告するな、ですね。了解です」
倒理「ザルだねえ。キャリアのお目付役は」
小坪がジッと倒理のタートルネックを見つめる。
小坪「あんた、いつもタートルネックだな」
倒理「……」
小坪「暑くないの?」
倒理「……暑いよ」
小坪「じゃあ、何で?」
倒理が黙る。
氷雨と穿地も黙る。
氷雨「(話題を変えて)意外と綺麗な部屋だね」
穿地「四ノ宮本人は几帳面な性格で、まめに掃除していたって」

氷雨「倒理にも見習わせたい」
倒理「混沌が俺の美学だよ」
穿地「無駄口叩いてたら、十分はアッという間」
倒理「まずは『観察』だ」

倒理の観察——。

アトリエの窓ははめ殺しで、ドア以外現場に出入り口はないことを確認する。

倒理(M)「窓ははめ殺し」

次にドアノブの下にある引っかけ錠を見る。

倒理(M)「ドアは引っかけ鍵——」

氷雨の観察——。

机には『8日AM9時、寺本と打ち合わせ』とメモが貼ってある。

氷雨(M)「今朝九時、画商と打ち合わせ」

壁の額縁の中身はどれも空だ。

仕事机の前に放られて、乱暴に重ねられていた。

一番上の絵は、濃い赤色で隅から隅までまんべんなく塗り潰されている。

氷雨(M)「額縁の中身は空。そして一枚だけ真っ赤に塗り潰された絵——」

倒理、氷雨がそれぞれジッと考えて——。

穿地「密室トリックについて意見は？」
倒理「たまには不可解担当の意見から——」
氷雨「何でだよ」
倒理「駄目な推理は参考になる」
氷雨「(思案して)興醒めの意見になるけどさ、糸を使って外から鍵をかけた線はどう？　ほらドアとドアの間には、定規を差し込めるくらいの隙間が（あったわけだし）」

倒理「却下」

氷雨「え……」

倒理「そんなトリックなら、俺はもう帰っている」

穿地「私もそれを考えた。いくつか方法を試したけど無理だという結論」

倒理「よく見ろ。鍵のかけ金は長く使っていなかったせいで、錆び付いている。外から開錠することはできても、施錠はできない」

鍵を回す倒理。錆び付いた音がする。

穿地「絵を塗り潰した動機について意見は？」

氷雨「犯行後、犯人は額から絵を出し、アトリエの道具を使ってこの絵だけを塗り潰した。問題は何故そんなことをしたか」

倒理「じゃあ俺から」

氷雨「君はトリック担当だろ！」

倒理「作品を汚してやったぞという実にわかりやすいメッセージだったりして」

氷雨「他の絵が無事だというのが不可解だよ」

倒理「最初の一枚に時間をかけすぎたんじゃないか」

氷雨「却下」

倒理「何で？」

氷雨「犯行時刻は深夜一時。夜明けまで時間はたっぷりあったはずだよ」

倒理「じゃあ血が飛び散ったとか」

穿地「それはない」

倒理「じゃあじゃあ、五枚のうちどれかを贋作とすり替えた的な」

穿地「絵の裏の筆跡はすべて一致している」
氷雨「的外れな意見からして、つまりこの謎のポイントは、塗り潰された一枚の絵じゃなく——」
倒理「——塗り潰されなかった五枚の絵だってこと」
氷雨「先に言うなよ！」
倒理「でも間違ってないだろ」
穿地「いい加減、トリックと動機——それぞれ得意分野で結論を」
倒理「あえて相方に振ってる理由を察しろ」
穿地「……お手上げか」
倒理「現時点ではな」
氷雨「そういや穿地、さっき奥さんのことまで容疑者扱いしてたけど」
穿地「下世話な理由」
氷雨「保険金？」
穿地「そう。二億円の生命保険の受取人。ついでに言うと、息子は父親から作風を踏襲するよう強制されていたらしい。画商と被害者は三十年以上もビジネス関係にあった。裏で軋轢（あつれき）が生まれていた可能性もある」
氷雨「全員動機があるんだね」
小坪「しかも誰もアリバイがない」
倒理「でもあの奥さんが犯人なら、俺たちはここにいないだろ」
氷雨「解決を望んでる振りという線もあるよ」

　穿地が一息ついて、

穿地「四ノ宮英夫は画家として地位も名声も得た。圧倒的な才能の持ち主は、時に周囲の人を不幸にすることもある」

倒理「何せ『煌めきの画家』だもんな」

氷雨・穿地「……」

倒理「光があれば、影ができる。強い光の分だけ、闇は濃くなるのは自明の理だ」

氷雨・穿地「……」

小坪「何ですか、俺以外通じ合ってるこの間は。え、何？　何ですか？」

穿地「とにかく犯人は被害者をずっと狙っていた可能性が高い」

穿地が小坪に頷いてみせる。

×　×　×

小坪「三ヶ月前、四ノ宮英夫は――」

フラッシュ――駅のエスカレーター。（3ヶ月前）

エスカレーターで降りようとする英夫。

その背中を突き飛ばす手――。

小坪（声）「――駅のエスカレーターで誰かに突き飛ばされた。下手すりゃ死んでいた」

×　×　×

倒理・氷雨「――」

小坪「防犯カメラの映像を確認したが、手がかりが少なくて犯人は誰だかわかっていない」

倒理と氷雨が思案する。

穿地「（腕時計を見て）ちなみに十分経過」

倒理「あと十分――」

×　×　×

倒理と氷雨が観察。

穿地「（腕時計を見て）二十分経過」

氷雨「もう十分、いや二十分」

倒理「確実性を増すために四十分」

× × ×

倒理と氷雨が観察。

穿地「(腕時計を見て)一時間経過」

倒理「減るもんじゃないんだし、ケチケチするな。あと一時間」

× × ×

倒理と氷雨が観察。

穿地「(腕時計を見て)二時間経過」

氷雨「できれば、あと一時間——」

倒理「いや、二時間——」

穿地「今すぐ帰れ!」

倒理・氷雨「はい……」

⑫ 探偵事務所『ノッキンオン・ロックドドア』・外〜中(夜)

疲れて倒理と氷雨が帰って来る。出迎える薬子。

薬子「お帰りなさい。気のせいか何かお二人、やつれてる気が」

氷雨「気のせいじゃないよ」

倒理「ていうか、まだいたのかよ」

薬子「みなし残業です」

倒理「ここ実は事故物件で、出るんだぞ」

薬子「本当に怖いのは人間の方です」

神保(声)「深いねえ」

室内に誰かがいる——神保飄吉(じんぼうひょうきち)(40)。

倒理「何でお前までいるんだよ」

神保「絶品らしいじゃないですか、御殿場さんの料理」

倒理「仲介屋にただ飯を食わせるメリットは?」

神保「賄賂(わいろ)。優先的にいい仕事回しますよ」

倒理「交渉成立。何が食べたい？」

神保「中華系な気分かな」

薬子「なら、あんかけチャーハン。あ、でもお米がないです」

倒理「問題ない――」

倒理は料理の準備を始める。

13 同・台所（時間経過・夜）

倒理が料理を作っている。

かなりの腕前だ。

倒理「はい。あんかけチャーハン」

テーブルに料理を出す。

薬子「美味しそう」

食べる一同。『うまい』『うん、いける』『美味しい』などと言い合う一同。

薬子「お米がなかったのに、すごい」

倒理「パスタを代用した」

神保「いや、普通に店で食うよりうまい」

倒理「料理は謎解きと一緒だ」

神保「謎解きと一緒？」

倒理「食べることを定義してみ。二つある」

薬子「生きるため？」

神保「あとは楽しむため？」

倒理「それを満たす数式を解けばいい。カロリー、栄養。それに五味――甘味、酸味、塩味、苦味、うま味を数値化するんだ」

神保「是非そんな感じで、今回の依頼も軽やかに解いてもらいたいもんですねえ」

食べる手が止まる倒理と氷雨。

倒理「訪ねて来た本当の目的はそれか。依頼人から、抗議入ったか」

氷雨「倒理の失礼すぎる物言い？」

神保は飄々（ひょうひょう）と食べ続けて、

神保「そっちは収めましたよ。ただ本当に優秀なのかと。お二人、若い分説得力に欠けるのかな。胡散臭（うさんくさ）さが足りないんですよ」

倒理「その点に関しては、お前には敵わない」

神保「チェンジ希望なんですよ、別の探偵に」

氷雨「奥さん、解決して欲しいフリじゃないみたいだね」

倒理「猶予は？」

神保「引き延ばせて後一回の調査」

薬子「私の労働の対価の危機じゃないですか。あるんですか、突破口？」

倒理「気になってることはいくつかかな」

神保「じゃあ加えて下さい。この地獄耳に入ってきたネタも。四ノ宮には生前から美術館を作る話もあったそうですが、計画は中止。全ての絵を売り始めてますよ、画商の寺本が」

倒理・氷雨「――」

氷雨「謎の死を遂げた有名画家。確かに話題性からいっても、今なら最高値」

神保「マージンがっぽり、ウハウハ」

氷雨「被害者が死んで得する、か」

倒理「いずれにせよ、まだ謎を解くピースが揃っていない」

倒理と氷雨――。

14 四ノ宮家・外観（日替わり・翌日）

15 同・1階・リビング

穿地と小坪が由希子と竜也から改めて話を聞いていている。当たり前のように来る倒理。

穿地「クビと聞いたが」

倒理「今日の調査をもってな。(由希子に)解いてやる。こんな面白い謎、誰にも渡さない」

倒理と由希子――。

由希子「そうお願いしたいです。このまま夫が誰に殺されたかわからないなんて耐えられない」

竜也「(頷いて)――」

穿地「相棒は?」

倒理は答えず、いきなり竜也の身体を触り始める。

上半身、大胸筋、三角筋、上腕三頭筋を触る。

竜也「!……あの、一体何なん(ですか)」

倒理「次は下半身」

竜也「は?」

大腿筋、大腿四頭筋、ハムストリングなどを触る。

竜也「ち、ちょっといい加減に――」

倒理「画家は筋力が必要なのか」

竜也「え……」

フラッシュ――シーン9。

去る竜也の後ろ姿をジッと見る倒理。

倒理「最初に見たときから気になってた」

× × ×

竜也「……高校までバスケやってたんですよ。インターハイに出て、プロにも誘われて……」

由希子「でも父親に憧れて画家を選んだんです」

　竜也と由希子の目が合う。

竜也「もうやってませんよ。手を怪我したら、絵が描けないから」

　倒理が巻き毛に触れる。

穿地「……」

　倒理が小坪の身体を触り始める。
　おかしな声を出す小坪。

小坪「な、何なんだ？」

倒理「お前、死ぬぞ」

小坪「は？」

倒理「犯人と格闘になったら、瞬殺されるレベル。特に下半身が絶望的だな。現場百遍やったことないだろ」

小坪「ないよ！　お目付役が仕事だ。ただの一度もないよ！」

穿地「……自慢することじゃない」

　倒理が立ち上がる。

倒理「もう一度見せてくれ、現場」

16 寺本の画廊

　氷雨は寺本から話を聞いている。

寺本「いやいや絵の売却は、奥さんの意向ですよ」

氷雨「！……」

寺本「そもそも海外で先生の絵が著名人の目にとまったのも、彼女が仕掛けたことですからね」

氷雨「……」

寺本「今回もさすがのプロデュース力で、大成功です。今なら先生の絵には最高の物語がありますから」

氷雨「物語、ですか」

寺本「物語が価値を生むんですよ、芸術は」

氷雨「――」

寺本「観客は画家の人生を絵の中に見る。こういっちゃなんですが、先生には劇的な過去があった。暗闇から光を得た物語ですよ」

氷雨「……」

寺本「下世話と思われるかもしれないけど、これがアートの真実。ゴッホ、カラバッジョ、バスキア……しかりね」

氷雨「そういう意味では、息子の竜也さんにも物語が生まれたんじゃ」

寺本「確かに。非業の死を遂げた父の遺志を継ぐ息子――中々ですね。ただ残念なことに、彼には才能がない」

氷雨「え……」

寺本「才能だけで言えば、今でも由希子さんの方が上ですよ」

眼鏡を押し上げて思案する氷雨。

17 雑踏

氷雨が思案顔で歩いている。

街頭ビジョンのニュースで四ノ宮英夫の事件を取り上げている。

歩き出そうとして、足を止める。

氷雨「(ジッと見て)――」

銘菓の店の前。

袋を持った男性がいる――春望(しゅんぼう)大学社

会学部教授・天川考四郎（55）。

天川は氷雨と目が合うが、何事もなかったように立ち去る。

氷雨「教授――」

氷雨「!?……（駆け寄り）待って下さい。何故、見て見ぬ振りするんです？」

天川「何故、見て見ぬ振りをしない？」

氷雨「は？」

天川「平日の十二時三十分。この店で銘菓を購入して、ここから二キロ先の春望大学に向かおうとしている。これが意味するところは？」

氷雨「……糖分を補給しつつ、集中力が切れがちな昼からの講義を行う」

天川「午後一の授業は十三時から。私が健康のために乗り物を使いたくないのは君も知るところだ。私の歩行速度は時速四キロ。二キロ歩けば、三十分。立ち話すればどうなる？」

氷雨「……遅刻」

天川「私は君の都合も考慮した。四ノ宮英夫の殺人事件で忙しいんだろ」

驚いて見る氷雨。

氷雨「街頭ビジョンのニュースを見ていただけで、断定するのはどうで（しょうか）」

天川「落ちくぼんで充血した目は、昨日あまり眠れなかったから。几帳面な君にしては曲がったネクタイ、皺のあるシャツ、思考が別のことに奪われている。昨日起きた何かによって。そしてニュースを見て思案していた。答えは自ずとわかる」

氷雨「（苦笑し）相変わらずですね」

天川「では――」

去ろうとする天川。だが足を止めて戻って来る。

袋から銘菓を三つ取り出し渡す。

天川「事件はルールの歪(ゆが)みによって生まれる。違和感を見逃さない。大事なのは？」

氷雨「観察と推論——」

天川はもう一つ取り出し渡す。

天川「このフルーツ大福は絶品だ。もう一人の教え子にも会う機会があったら渡してくれ」

氷雨「……」

18 四ノ宮家・2階・アトリエに続く階段

倒理、氷雨、穿地が銘菓を食べる。

氷雨「行き詰まったら、相談に乗っても構わない。不出来な教え子は自分の責任だってさ」

倒理「誰が頼るかよ。ていうか、あの人から見て出来のいい奴なんて一人もいないだろ。全人類劣等生だ」

穿地「いや、一人いた」

倒理・氷雨「……」

穿地「圧倒的才能を持った奴が」

倒理「あえて避けたのに、自ら地雷踏んだな」

穿地「……」

氷雨は袋に残った銘菓を見る。

倒理「糖分補給完了」

倒理が立ち上がり、アトリエに向かう。

穿地「これで最後だぞ」

19 同・2階・アトリエ前〜中

倒理が扉に近づく。

氷雨、穿地が後ろから来る。
倒理が徐(おもむろ)に扉に触れて、

倒理「最初に扉の前に立ったときの違和感」
氷雨・穿地「?……」
倒理が目を閉じる——。

×　×　×

フラッシュ——シーン10。

氷雨「塗ったのは被害者本人?」
穿地「三日前にな」

×　×　×

フラッシュ——シーン9。
寺本の服の袖に付いていた白い粉。

×　×　×

フラッシュ——シーン10。
現場に入る前に、扉の下を見た。
何もなかった。

×　×　×

倒理が目を開ける。扉に触れた手をギュッと握る。
ドアをドン! ドン! ドン!

氷雨・穿地「!?」
氷雨「倒理——」
穿地「正気か、御殿場」
倒理が構わずにドアをドン! ドン!
ドン!
氷雨が慌てて抱きとめて、

氷雨「倒理、やめろ——」
倒理「見ろ」
氷雨「え……」
ドア全体から、白いペンキの粉が剝がれ

て、埃一つ落ちていない絨毯の上にはらはらと舞う。

氷雨「あ、寺本さんの袖についてた粉——」

倒理「気づいてたか」

倒理がしゃがんで、自前のメジャーを取り出す。

粉が落ちた範囲を測る。

倒理「飛散範囲は、三センチ」

絨毯を何度か手で払う。

静電気と繊維の細かさのせいか、粉は絨毯にくっついてしまって払い落とせない。

穿地「何やってる?」

倒理はアトリエに入り、ドア近くを見る。

倒理「最初に現場に入ったとき、このドア、強く叩いたり勢いよく閉じたりしたか?」

穿地「……いや。手荒には扱っていない」

さらに赤く塗り潰された絵を確認する倒理。

キャンバスボードを裏返して、スマホを取り出して操作。絵のサイズを調べる。

倒理の頭の中——謎のかけ算の答えが出る。

倒理「穿地、奥さんと息子を連れて来てくれ。あと、画商に確認を。体重だ」

穿地「警察を顎で使うな」

倒理「手柄はもう目の前だぞ」

穿地がため息をついて出て行く。

氷雨「まさか……密室、解けたの?」

倒理「ノック! それが教えてくれた」

倒理がルーペを取り出して、ここ見てみ、とでも言いたげに足先で床を叩いた。
氷雨がしゃがみ込んで、ドアの前の床をルーペで拡大。白い粉が落ちている。
氷雨「あっ……くそっ！」
倒理「結局今回の事件、俺の担当だったんだよ」
氷雨「それはどうかな」
倒理「負け惜しみか」
氷雨「おそらく僕の担当でもあるよ」
氷雨がにっこりと笑って――。

× × ×

倒理と氷雨の前に、由希子と竜也がいる。
傍(かたわら)に穿地と小坪。
倒理「君の体重を教えてくれ」
竜也「五十五キロです」
倒理「画商は？」
穿地「六十五キロだと。それが一体――」
手で遮(さえぎ)る倒理。
倒理「じゃあ次、奥さん。あなたから見て、旦那は荒っぽい性格だった？　例えば足音がうるさかったり、ドアを乱暴に開け閉めしたり」
由希子「……いいえ、むしろ物の扱いは丁寧でした」
倒理「どうも。（竜也に）君は下に戻って結構。奥さんは残ってくれ」
戸惑いつつ下がる竜也。
倒理「（小坪に）お目付役も下に」
小坪「は？」
穿地が小坪に頷いてみせる。小坪も下がる。
倒理が由希子と向き合う。

倒理「犯人はあなたの息子――四ノ宮竜也」
由希子「!?」
予測していた氷雨は冷静。穿地の目が鋭くなる。
由希子「何馬鹿なことを――!」
倒理「事件の鍵はノックだよ」
由希子「はい?」
倒理「昨日の朝、アトリエに四ノ宮英夫を呼びに行ったとき――」

×　×　×

フラッシュ――シーン7。

寺本はドアを強く二度、三度ノック。

応答がない。

倒理（声）「画商の寺本はドアを強くノックした。乾きたてのペンキが剝げてぱらぱらと粉が舞い、服の袖についた」

×　×　×

フラッシュ――シーン10。

最初に現場に入ったとき扉の下を見た。

何もなかった。

倒理（声）「当然床にも粉はあるはずなのに、俺が現場に来たとき、絨毯には埃一つ落ちてなかった」

×　×　×

倒理「あるはずのものが、どうして消えた?」
由希子「――」
倒理「誰かが掃除した?　いや、俺も手で払ってみたが粉は静電気たっぷりの絨毯に付着していて簡単には取れない。じゃあ、絨毯そのものが入れ替わった?　これもでかすぎて論外。そうなると――」

氷雨「絨毯の長さが変わったんだ」
倒理「先に言うなよ！」
穿地「馬鹿な。どうやって長さを」
倒理「外に出て待ってろ」

20 同・2階・アトリエに続く階段〜アトリエ前〜中

氷雨と穿地、由希子が階段を降りたところにいる。
倒理がドアを閉めて、絨毯の端を持ち上げる。
そのまま階段の方に進み、廊下に敷いてあった分の絨毯をすっかりはいでしまう。
踵（きびす）を返し、ドアを開けて、部屋の中に戻る。

穿地「あいつ何するつもり？」
氷雨「見てればわかるよ」
呆然となっている由希子。
倒理が出て来る。右脇に持ってきたのは、重ねたキャンバスボード。
その一番上にあるのが、濃い赤色で塗り潰された絵。
ドアを閉めてから、重ねた六枚のキャンバスを廊下の床に置く。
上から絨毯をかけ直し、それを覆い隠す。
倒理「はい、これで短くなった」
氷雨、穿地、由希子が近づいて見る。
重ねたキャンバスの厚みだけ短くなる。
絨毯とドアの間に空いた三センチの隙間から見えているのは、絵の縁。絨毯と全く同じ色合いの濃い赤色。

穿地がドアを摑んで、そっと引く。

少しも動かない。

倒理「要するに、最初から鍵なんてかかってなかったんだよ。ドアの前の廊下は幅七十センチちょうど、ドアから階段までの長さは、一メートル。そして六枚の絵の大きさは、どれもPサイズの四十号。その規格は、千ミリ×七百二十七ミリ。つまりは廊下の縦×横にぴったり合う」

氷雨「さっき携帯で調べてたの、それだね」

倒理「犯人は六枚の絵を絨毯の下に置いて、床の高さをせりあげたんだ。ボードの厚さは五ミリ程度。六枚重ねれば、約三センチ分、床が高くなり、ストッパー代わりになる。しかも画商がドアを開けようとしたときには、合計百二十キロの男が二人立ってたんだ。ドアを開けようと思っても、開くはずない。ドアが開かなければ、当然人は鍵がかかっていると錯覚する」

穿地「それじゃ犯人が額縁から絵を出したのは——」

倒理「このトリックに使うためだ。一枚だけ赤く塗ったのは、このとおり床が三センチ厚くなった分、絨毯の長さが足りなくなってしまうから。全部塗り潰したのは、トリック自体をカムフラージュするただめだ」

穿地「つまりこういうこと？」

穿地が思案しながら話す。

穿地「画商にドアが開かないと認識させ、その後一階に行っている間に絵をアトリエに戻し、適当な場所に放っておく」

倒理「ハンカチを手袋代わりにしたんだろ」
穿地「で、画商が戻ったとき、鍵を開ける素振りをして、ドアを開けたと」
倒理「裏付けは、部屋の内側に落ちてたペンキの粉だ」

× × ×

フラッシュ――シーン19。
ドアの前の床をルーペで拡大。白い粉が落ちている。

倒理（声）「四ノ宮英夫は、綺麗好きの上、ドアを乱暴に閉めたりしない性格だった」

× × ×

倒理「おそらく犯人は絵を室内に戻すとき、縁に粉が付いているのに気づき、慌てて払ったんだろう。それがドアの前のフローリングに落ちたんだ」

穿地「――」
由希子「――」
倒理「言うまでもないが、それができたのは四ノ宮竜也だけ。したがって奴が犯人だ」
戯（おど）けた調子で、倒理が締めくくる。
倒理「これでQ・E・D――証明終了」
由希子が茫然自失。
由希子「竜也があの人を……」
倒理・氷雨「……」
穿地「トリックはわかった。でも密室を作った動機は？」
倒理「……動機ねえ」
穿地「嫌疑から逃れるためだとしても、こんな仕掛けじゃ失敗する危険も大きかったはず。労力と釣り合わない」

倒理「そういう些末な謎は、こっちの眼鏡に聞けよ」
氷雨「じゃあここからは僕のターン。犯人と会って、確定したい——」

21 同・1階・リビング

倒理、氷雨、穿地。そして由希子が来る。
小坪が倒れている。転がっている鈍器。
穿地が駆け寄り、気を失っていることを確認する。
小坪、意識が戻り、頭を押さえて呻く。

一同「!?」
穿地「しっかりしろ。何があった?」
小坪「(倒理を見て)あんたの言った通り。瞬殺だった」
倒理「四ノ宮竜也に襲われたのか?」
小坪「(頷いて)——」

×　×　×

フラッシュ——。
小坪と竜也がいる。竜也が出て行こうとする。

小坪「ここにいてもらえますか」

構わず去ろうとする竜也。

小坪「ちょっと——(と手を摑む)」
竜也「捕まるぐらいなら、この世から消える!」

竜也が傍にあった鈍器で殴る。
崩れ落ちる小坪。

×　×　×

呆然と立ち尽くす由希子。

氷雨「自殺するなら逃げる必要はない。ここで死ねばいい。どこに行ったんだ？」
倒理「あいつの部屋はどこだ？」

22 同・2階・竜也の部屋

部屋に飛び込んでくる倒理、氷雨、穿地。
だが誰もいない。
倒理「……」
倒理がクローゼットを開くと、バスケの様々な道具。
高校時代、全国大会で優勝した時、体育館で撮ったチームメイトとの写真。
倒理は写真を手に取り、氷雨と穿地に見せる。
倒理「自分が最も輝いて、自分らしくいられた唯一の場所」
写真の竜也の華やかな笑顔——。
倒理「奴は嘘をついた」
氷雨「嘘？」
倒理「バスケはもうやっていないと」
穿地「——」
倒理「運動の種類によって必要とされる筋肉は変わってくる。奴はバスケに求められる特定の筋力を保っていた」
氷雨・穿地「——」
倒理「プロは諦めても続けてたんだ。でもそのことを母親の前で隠した」
氷雨「つまり言えない環境だった」

× × ×

フラッシュ——四ノ宮家・2階・アトリエ。

並べられた竜也の絵。

英夫は上から手を加えていく。

呆然と立ち尽くす竜也。傍には寺本。

氷雨（声）「やりたいことを諦めてでも画家の道を進まざるを得なかった——それなのに才能がないと烙印を押された」

× × ×

氷雨が眼鏡を押し上げる。
氷雨「やっぱり目的は、密室を作ることじゃなかった。密室トリックは、偶然生まれた副産物に過ぎない（んだ）」
倒理「俺が副産物を解いただけと言いたいのかよ！」
氷雨「そう仮定して、想像してみたらわかる」
倒理「（アッとなり）……いやいや、勘弁してくれよ！　馬鹿か、あいつ！」
穿地が無線で連絡をしながら部屋を出る。
倒理と氷雨も後に続く。

23 同・同・リビング

倒理と氷雨が通り過ぎる。

部屋の隅に由希子（実は泣いているが、ここでは見せない）。氷雨が見て立ち止まって——。

24 四ノ宮家近くの通り

走る倒理と氷雨——だが息切れして止まる。
倒理「死ぬなら答え合わせしてからにしろよな！」

氷雨「ていうか、車買おうよ」
倒理「金は？」
氷雨「君がやりたくない依頼も手伝えば、曰く付きの車とかなら何とかなる」
倒理「お前が二倍働くという手もあるぞ」
氷雨「すでに働いている！」
再び走り出す二人――。

25 体育館（夕）

誰もいない中、竜也が一人でバスケをやっている。
シュートする。外れる。
竜也「……」

× × ×

フラッシュ――バスケの試合。（4年前）
竜也（18）がゲームセットギリギリで、スリーポイントシュートを決める。逆転勝ち！
竜也の満面の笑顔――。

× × ×

竜也の頬に涙が伝う。
誰かが来る気配。
竜也「死ぬことも自由にできないんだな、俺」
竜也が泣き笑いの表情で振り返る――。
倒理、氷雨がいる。
倒理「君は歪んでる、最高だ」
竜也「え……」
倒理「その歪んだ思いが、面白い謎を作ってくれた」
氷雨「……」

サイレンの音が聞こえて来る。
倒理が巻き毛をかき上げる。
同時に氷雨はネクタイを緩めて、眼鏡を押し上げる。

探偵事務所『ノッキンオン・ロックドドア』・外観（日替わり）

27 同・中

倒理と氷雨が由希子と向き合っている。

氷雨「何度も何度も、描き直されたそうですよ、自分が描いた絵」
由希子「――」

× × ×

フラッシュ――四ノ宮家・2階・アトリエ。
並べられた竜也の絵。
英夫は上から手を加えていく。
呆然と立ち尽くす竜也。傍には寺本。

英夫「少しはましになったか」
寺本「天と地ですよ。先生が手を加えただけで、これほど良くなるとは」
竜也「……」

別の絵も全て英夫が上から塗り潰して、描いていく。どれもこれも上から潰される。

英夫「どうだ？」
竜也「すごく良くなった。……ありがとう、父さん」

爪が食い込むほど拳を握って――。

氷雨「否定され続けて、心を潰された――」

由希子「――」

× × ×

フラッシュ――四ノ宮家・2階・アトリエ。（深夜）

絵を描いている英夫の背中目がけて、竜也がナイフで刺す！

英夫が息を引き取る前、呆然と竜也を見つめる。

冷たく見下ろす竜也。壁にかけられた絵を取り出し、一枚を塗り潰していく。

氷雨（声）「そして殺しただけじゃ飽き足らず、ある方法を使って、父親の作品を汚し、恨みを晴らした」

由希子「じゃあ、竜也の目的は……」

× × ×

氷雨「画家としての四ノ宮英夫の最大の理解者だった画商の寺本さんに――」

× × ×

フラッシュ――四ノ宮家・2階・アトリエ前の廊下。

竜也と寺本が絨毯の上を歩く。

氷雨（声）「本人にはそうと気づかせないまま、四ノ宮英夫の代表作の絵を踏ませるためだった」

× × ×

倒理「踏み絵だよ」

由希子「――」

倒理「あまりに歪んでる。だからこそ、もう一つ謎が生まれた。常軌を逸した息子の異変に、あなたは何故気づかなかったのか」

由希子「……」

氷雨「ほんの少し、想像すれば、わかったのではないですか」

由希子「（微かに鼻で笑って）家族、だから？」

倒理「家族だから互いの気持ちがわかり合える。絆がある――そんなの幻想だ」

由希子「……」

倒理「所詮、家族は個の集合体に過ぎない。それどころか時に家族ってやつは、生活という檻の中で過ごした時間の長さに比例して、淀み、腐る。ゾッとするほど醜い」

由希子「……」

倒理「俺たちが言ってるのは、物理的な距離の問題だよ」

氷雨がタブレットで、ある防犯カメラ映像を見せる。

氷雨「三ヶ月前、四ノ宮英夫が突き落とされた駅の防犯カメラの映像です」

由希子「――」

氷雨「あなたと駅で待ち合わせしていたと聞いて、もう一度調べてみたんです。由希子さん、あなたを見るために――」

映像を再生する。

歩いている由希子。フードを被った男が走り去る。

顔は見えない。だが由希子が相手の顔を見て驚いて立ち止まる映像。

倒理「気づいていたんだ。すでに息子の心が壊れていることに」

由希子「……」

倒理「それでも息子が父親を殺そうとするのを止めなかった。それはあなたが望んでいたことだから」

　冷たい表情になる由希子。

由希子「根拠は？」

倒理「息子が犯人だとわかっていても謎を解くことに拘（こだわ）った。解いてもらわないと困る。あなたの物語が生まれない」

由希子「……」

　笑顔を見せる由希子。

由希子「これは罪に問われるのかしら？」

倒理「仮に積極的に誘導していたら、殺人幇助（ほうじょ）に問われかねない。でもあなたはそんなリスクを冒していない」

由希子「……」

倒理「おめでとう。ある意味、完全犯罪だよ」

由希子「ありがとう、優秀な探偵さん」

　鞄から謝礼の封筒を取り出し、立ち上がる。

氷雨「また筆をとるんですね」

　由希子が倒理と氷雨を見つめて、

由希子「一つだけ教えてあげる。私は誰かのミューズになんてなりたくなかった」

倒理・氷雨「……」

由希子「自分の人生——主役じゃないと意味がない。これ以上脇役なんてまっぴらよ」

　去ろうとする由希子。

倒理「お礼に俺からも一つ。ティアスティックはやめた方がいい」

由希子「――」

倒理「ハンカチにでも塗って、目に当てれば刺激されてどこでも泣ける。ただし少しメンソールの匂いが残る。俺たちの前で二度泣いてみせたときのようにな」

×　×　×

フラッシュ――シーン4。

手にしたハンカチを目に――涙が伝う。

×　×　×

フラッシュ――シーン5。

ハンカチを手に由希子が泣いている。

×　×　×

由希子「マスコミの前に出るとき、参考にさせてもらうわ」

由希子が出て行く。

倒理・氷雨「……」

やがて扉が閉まる音。

28 銭湯（夕）

誰もいない。倒理と氷雨だけだ。

倒理はタオルをマフラーっぽく首に巻いている。

氷雨「二度じゃないよ、三度だよ」

倒理「?……」

氷雨「由希子さんが泣いてたの――」

×　×　×

フラッシュ――シーン23。

倒理と氷雨が通り過ぎる。

部屋の隅にいる由希子。氷雨が見て立ち止まって――。静かに近づく。

人知れず泣いている由希子。

氷雨(声)「誰もいないところで、泣いていた――」

× × ×

氷雨「確認したけど、メンソールの匂いはしなかった」

倒理「……」

氷雨「どっちが本当の由希子さんなんだろうね」

倒理「どっちもだろ」

氷雨「……」

倒理「人の気持ちが、この世で一番不可解だ。だから俺の担当外。心の謎なんて、俺は解かないと決めている」

氷雨「それは、六年前の事件のこと言ってる?」

倒理「……」

沈黙の間――。

氷雨「外せば?」

倒理「何を」

氷雨「タオル。今、僕ら以外誰もいないよ」

倒理「……やめておく」

氷雨が手を伸ばし、倒理のタオルで隠した首のあたりを優しく触れる。

ビクッとなる倒理。

氷雨が何かを辿（たど）るように撫でる。

動けない倒理――。

ホテル・外（夜）

穿地と小坪が乗った覆面車が停車する。

穿地、小坪を残して走り出す――。

30

同・大広間（夜）

パーティーが行われていたようだ。
周りにいる所轄の面々。
穿地が飛び込んで、手帳を見せる。

穿地「見せて！」

所轄の捜査員が見せる。
落語の一節が記された紙だ。

穿地「——死神——!?」

古典落語の演目、『死神』——。

31 寄席（夜）

落語家が『死神』を演じている。
死神と交わした約束を破り、金に目がくらんだ男が、死神に殺される話だ。
サゲを言って、終わる。
拍手する誰か——それは糸切美影（28）。

携帯の電源を入れる。
着信あり。席を立ち出て行きながらコール。

美影「（繋がり）お願いしたもの残してくれましたか。それは良かった。これで彼らが謎を解く側に立つでしょう。僕との関係？」

×　×　×

フラッシュ——春望大学・教授部屋。（6年前）
天川（49）のもとで、犯罪社会学を学ぶ大学時代の倒理（22）、氷雨（22）、穿地（22）、美影（22）——。

美影（声）「大学時代、僕らは同じゼミに在籍していた」

×　×　×

美影が電話の相手に話す。

美影「そして、四人のうち一人は犯罪者を捕らえる仕事に就き、二人は犯罪を暴く仕事に就き、最後の一人は犯罪を作る仕事に就いた。まあ、それだけのことです」

銭湯・脱衣所（夜）

倒理がタートルネックを着ようとする。

首が見える――残る傷跡。

氷雨「……」

氷雨の携帯がメールを受信。メッセージを見る。

氷雨「!?　穿地から――」

倒理に見せる。『美影がまた人を殺した』

――。

倒理「!……」

倒理と氷雨――。

倒理が笑顔になって告げる。

倒理「美影に証明してやろうぜ。――俺たちに解けない謎はない」

第2話

KNOCKIN'ON LOCKED DOOR

1 独特な雰囲気の中古車ディーラー

　氷雨が眼鏡を押し上げて――。
氷雨「例えば――」
　目の前にいるのは、神保と外国人店主。
氷雨「――猫派の彼に対し僕は犬派。海派に対し山派。トランクス派に対しブリーフ派。目玉焼きに彼は塩こしょうをかけるけど、僕は醤油を――」
神保「ちょ、ちょっと、片無さん、ブリーフ派？」
氷雨「そうですが」
神保「色はやっぱり白？」
氷雨「もちろんです。とにかくこれは難問ですよ」
　外国人店主が『この眼鏡、言ってることわからないね』と囁く。『どれもピンと来ないって』と適当に伝える神保。
氷雨「いいですか、人の個性は数々の選択によって生まれるもの。となれば、これから僕と彼が選ぶものは悉く（異なるはず――）」
倒理（声）「おい、これにしよう！」
　少し離れて、車を見ていた倒理。
　氷雨がため息をつき近づきながら、
氷雨「君が求めるのは、かっこ良くて、適度に不便、色は原色。僕はベーシックで機能的、悪目立ちしないよう色は（シック）――」
倒理「（外国人店主に）これ買うよ！」
氷雨「買えないでしょ！　値段見て――」
　値札は、飛び抜けて高額だ。
神保「そもそも論。二人車買う資金あるんですか」
倒理「投資だ、仲介屋の」

神保「え、私の？」
倒理「探偵が機動力を持てば、数をこなせる。お前の夢のもんじゃ焼きフランチャイズビジネスに一歩近づけるだろ」
神保「つまりお金を貸せと。舐めきってるよな、社会を」
氷雨「今までの信用を担保に」
神保「今までの二倍、三倍働けるんですかねえ」
倒理「頑張るよ、うちの氷雨が」
氷雨「君も働く約束だろ！」
外国人店主「眼鏡、あなた助手だから、ここは一歩譲ることね」
氷雨「僕も探偵です！」
　倒理がふざけて、氷雨の髪をぐちゃぐちゃにする。
氷雨「何するんだよ！」
倒理「この方がまだ個性的だ」
　氷雨も倒理の髪をぐちゃぐちゃにする。
倒理「おい、やめろ」
氷雨「たまには君が譲ってもいいでしょ！」
倒理「お前は無個性なんだから、俺の色に染まれ！」
　揉めている倒理と氷雨で――。

ホテル・外観

穿地（声）「どの車を買うかで、お互いの人間性を全否定することになり、喧嘩」

3
同・大広間・隅のスペース

　髪は乱れ、服装も乱れている倒理と氷雨。

　穿地と小坪がいる。

穿地「――子供か」

　呆れる穿地が一息ついて、

穿地「今回の事件は『死神』だ――」

　折りたたんだコピー用紙を差し出す。

　氷雨が手にして、倒理にも見せる。

　倒理が覗き込む。

穿地「ここの会場入り口の通路に、小瓶と一緒に残されていた。指紋等は出てないが、瓶の中身は犯行に使われた毒だった」

　古典落語の『死神』の一節が記されている。

倒理「自分が指南した事件に――」

4 寄席

　演目は『死神』と記されている。

　落語家が『死神』を披露している。客席には美影。

倒理（声）「――落語の一節を添え、あえて痕跡を残すなんて古い趣向だ。でもあいつはそういう物好きな奴だ」

5 ホテル・大広間・隅のスペース

小坪「ん？　何その昔から知ってる感じ？　知り合い……？」

　倒理、氷雨、穿地が構わず話を進める。

氷雨「正式な協力要請ということだね。受ける前にいいかな。毎回謝礼一万円ってのは、さすがに。いつも大赤字で――」

倒理「早く話せ」

氷雨「ちょっと――」
穿地「これを見て」

ノートパソコンで映像を流す。

録画映像――。表示された時刻は『午後七時十分』。

豪華な料理に囲まれ、多くの人がシャンパン片手に歓談している。

次々に招待客と握手を交わすのは、南雲（なぐも）弘伸（ひろのぶ）(60)。

時折横に控えた秘書・浦和敬人（うらわけいと）(47)が参加者の名前を教えている。

倒理「なぐも……なんてったっけ？」
氷雨「南雲弘伸。元衆議院議員だよ」
穿地「無所属からのし上がり、国土交通大臣も務めた。三年前、大手建設会社から不正献金疑惑が持ち上がったが――」

× × ×

インサート――週刊誌記事。

南雲が大手建設会社から不正献金を受け取っていた疑惑。世間を騒がせた責任を取り、辞職と記載。

穿地（声）「――グレーゾーンのままフェードアウト」

× × ×

倒理「何でそんな奴がパーティー開いてんだよ」
穿地「次の選挙で返り咲く準備」
氷雨「資金集めのプロモーションって訳だね」
穿地「ここをよく見て」

録画映像――。表示された時刻は『七時十五分』。

浦和が南雲にスピーチの時間だと囁く。
給仕係・香山聡美(28)が近づいて、飲み物を差し出す。トレーには、シャンパングラスが十個ほど。
南雲はその中の一つを取る。
穿地「被害者はスピーチ前に、シャンパンを取った」
カメラに背を向けて金屏風の前に設けられたスピーチ台へ向かう。手前でグラスに口をつけた。
一口で三分の一近くなくなる。
穿地「ここで、飲んだ」
ビデオ映像——。
浦和「皆様、本日の主役・南雲弘伸よりご挨拶をさせていただきます」
南雲「本日はお越しいただきまして、誠にありがとうございます。私はあまり酒に強くないんですが、今夜のシャンパンは絶品ですね。悪酔いしないように気をつけます」
グラスを持ったまま軽くあげる。
小坪「事件はこの後——」
録画映像を早送り——。
表示された時刻は『七時十九分』。
南雲「——と強く感じております。恩人といえば、私にも無所属時代、特にお世話になった方がいらっしゃいまして……」
倒理「まだ長引きそうだぞ」
穿地「いや、もうすぐ終わる」
突然、南雲が息が詰まったような声を発する。

グラスが手から離れ、壇上に落ちて粉々に砕ける。
南雲はよろけ、絨毯が敷かれた床の上に落下。
『先生！』と浦和が駆け寄る。
会場が騒然となって――。
映像を止める小坪。

穿地「病院に緊急搬送されたが、六時間後に死亡した。こぼれたシャンパンを調べたところ、致死量を超える十ミリグラムのロミオトキシンが検出された」
氷雨「ロミオトキシン？」
小坪「最近出回り始めた神経毒。フグ毒と似た効果があって、摂取して二十分から三十分で急激に体の麻痺が始まる。無味無臭の透明の液体だから、飲み物に混ぜればまずばれない」
倒理「シャンパンに毒が入ってたってことか？」
穿地「そういうこと。発症時間はやや早いが、南雲は心臓を患っていて、元々体が弱かったそうだからな」
氷雨「トレーにあった他のグラスは？　全部毒入り？」
穿地「問題はそこ」
小坪が鑑識の資料を渡す。
穿地「会場にあったすべての飲み物、食べ物を調べた。ただ毒物は一切検出されなかった」
倒理・氷雨「!?」
穿地「つまり毒が入っていたのは被害者が飲んだシャンパンだけ」
倒理が映像を再生する。

近づく給仕係。南雲は無造作に取る。
巻き毛に触れる倒理。
氷雨は『死神』が記された紙をジッと見て、眼鏡を押し上げる。
氷雨「この事件を『死神』の落語にかけたのは、成り上がったものの、己の欲に溺れて失敗。再起をかけようとしたけど、足をすくわれた男への強烈な皮肉――」
倒理は映像を凝視している。
穿地「(吐き捨てるように)あいつは犯罪コンサルタントとして誰かから依頼を受けた。そして何らかのトリックを用いて、南雲に毒入りグラスが渡るように仕組んだ」
倒理「最高かよ」
氷雨・穿地・小坪「――」
倒理「衆人環視の毒殺！　さすが、美影！　そこら辺の犯罪者と格が違うな！」
氷雨「美影しか作れない謎――」

6 寄席

落語を聞いている美影。
微笑んでいて――。

7 ホテル・大広間・隅のスペース

穿地「解く自信は？」
倒理「どうせ税金だ。謝礼は弾め」
倒理が笑顔で告げる――。
倒理「俺たちに解けない謎はない――」
○タイトル

ホテル・大広間

倒理と氷雨がホテルの給仕係チーフ・川岸俊哉（38）と給仕係の聡美から話を聞く。

傍には穿地と小坪。

倒理「毒を入れたのは――」

倒理がグッと聡美に近づいて、

倒理「あなただろ」

聡美「えっ!?」

倒理「（川岸にグッと近づき）そっちが指示したのか」

川岸「は!?」

倒理「（川岸に）あなたが棚からグラスを出し、栓を開けてシャンパンを注いだ。（聡美に）それをあなたがトレーに並べ、大広間へ運んだ」

川岸「ちょ、ちょっと待って下さい。やってませんよ」

聡美「私もやって（いません）――」

倒理「犯人の常套句。実際、最重要容疑者として考えてるって言ってたぞ、この刑事が」

倒理が小坪を見る。

小坪「言ってない！」

穿地「お気になさらずに。可能性を話しているだけです」

氷雨「可能性だけで言えば、他の給仕係がどさくさにまぎれて入れたってことは？」

川岸「……正直、大いにありえると思います」

聡美「私が大広間を回ってる間に、お客様の誰かが毒を入れたのかも……」

倒理が巻き毛に触れて、思案顔。

倒理「どうかな」

川岸「……我々を疑ってるんですね」

倒理「(小坪を見て)こいつがな」

小坪「だから何も言ってない！」

氷雨「動機の面から、何かわからないかな。従業員の中に、被害者とつながりがあった人物は？」

穿地「いない。このホテルに来たのも昨日が初めて」

氷雨「でも被害者の主催でしょ。この手のパーティーって、事前にリハとかやるんじゃゃ？」

川岸「当日の午後に行いました。ただご本人は来られず、事務所の方々が取り仕切っておられました」

聡美「進行時間を調整されたり、スピーチ原稿を確認されたり、大変ご熱心で」

氷雨「あ、やっぱりああいう挨拶って原稿があるんだ」

川岸「私はちらりと覗いただけですが、ジョークの内容や身振りのタイミングまで細かく書いてあって感服し(たものです)」

倒理「もういい」

川岸・聡美「え……」

倒理「大体わかった」

氷雨「わかったって、何が？」

倒理「頭を使え」

倒理がスタスタと出て行く。

9 同・庭

倒理がうろうろしながら推理を整理している。

氷雨が近づいて、

氷雨「マジシャンズセレクトってのがあるよね。自分で選んだつもりでも、実は誘導されてるってやつ。被害者もそれにひっかかったんじゃ(ないかな)」

倒理「却下」

氷雨「根拠は?」

倒理「選んだのは一瞬。給仕係は一言も声をかけてない」

氷雨「じゃあ、グラスに目印がついていたとか。相手がそのグラスを取りたくなるような特徴が――」

倒理「却下。映像、見せてみろ」

氷雨が小型タブレットを渡す。

南雲がシャンパンを取る場面で停止。

倒理「ほとんど目もやってないだろ。セール品の棚から洗剤取るようなもんだ」

氷雨「……」

倒理「これは不可能担当の俺の事件。まだお前のターンじゃない。美影の事件だからって、無理するな」

氷雨「……だったら、大体わかったこと話してよ」

倒理「この謎のポイントは、『いつ』毒を混入したのかってことだ。あの給仕係は『私が大広間を回っている間に』と言ってた」

×　×　×

インサート――ホテル・大広間。

パーティーで、聡美がトレーを手に客に給仕している。

倒理(声)「まっすぐ南雲のもとへ向かったんじゃ

なく、しばらく広間をうろついていた訳だ。じゃあグラスが最初から毒入りなはずない。被害者より先に誰かが手にしたらどうする？」

×　×　×

氷雨「毒が入れられたのは、被害者がシャンパンを選んだ後？」

倒理「そういうことだ」

氷雨「でもほら、グラスを取ってから、近づいた人間は一人もいない」

映像を見せる。カメラに背を向けてスピーチ台へ向かう。手前でグラスに口をつける。

倒理「被害者本人が入れたとしたら？」

氷雨「!?　自殺ってこと？」

10 探偵事務所『ノッキンオン・ロックドドア』・中（夜）

倒理と氷雨がいる。穿地が来ている。

穿地「自殺なんて動機がないし、そもそもあの状況で——」

倒理「秘書について詳しく教えろ」

穿地が一息ついて、

穿地「南雲は政治家に必要と言われる三バン——ジバン（地盤）、カンバン（看板）、カバン（鞄）がない。そんな南雲を長年支え、二人三脚で政界でのし上がってきた関係」

氷雨「当然、不正献金疑惑の真実も知ってるんだろうね」

倒理「……」

穿地「何考えてる？　ありえない自殺？　それと

も秘書を疑ってる?」

倒理「探偵は意味深な生き物なんだよ。明日、秘書に会うぞ」

玄関が開いて、『今戻りました』と制服姿で買い物袋を手にした薬子が戻って来る。

薬子「あ、いらっしゃい、穿地さん!」

穿地「薬子ちゃん、まだここでバイトしてるの?」

薬子「両親が働いていないので」

穿地「えらい。苦学生だ」

倒理「逆だよ、逆!」

穿地「逆?」

氷雨「薬子ちゃんのご両親、遺産でひょんなことから資産家に。それで仕事を辞めて働いていないんだ」

薬子「完全に社会から思考が乖離(かいり)してるんです。だから私には成長過程の中で、まっとうな労働が必要なんです」

穿地「こいつらに手を出されたらすぐ言って。逮捕するから」

倒理「出さねえよ!」

穿地「お腹空いた。オムライスを頼む」

倒理「うちは定食屋じゃないぞ!」

11 同・台所(夜)

倒理が手際よく料理を作る。

氷雨が近くにいる。

氷雨「ケチャップがないよ」

倒理「トマト缶で代用する」

倒理が料理を作る姿を氷雨はジッと見て

いて――。

×　×　×

倒理が作った料理を食べる一同――。
ガツガツと食べる穿地。

氷雨「相変わらず気持ちいい食べっぷり」
倒理「味わって食えよ」
穿地「職業病。食べれるとき一気に詰め込む。ごちそうさま」
薬子「大学時代も、こうやってみんなで食べてたんですか」
氷雨「散らかった部屋を片付ける対価として、倒理が僕たち三人にご馳走するのがルールだった」
薬子「三人？　もう一人は？」
倒理・氷雨・穿地「――」
薬子「誰ですか、教えて下さい」

ニコッと笑う薬子。

倒理「そうやってニコッと笑えば、思い通り何でも話してくれると思ってるな」
薬子「聞くな的な空気プンプン出してるけど、知りたい欲求が俄然勝ったので」
氷雨「話は込み入っていてね……」
穿地「いや単純。六年前にある事件が起きた。その後失踪し、犯罪者になったクズ」
薬子「――」

無意識にタートルネックの首の辺りを触れる倒理。

氷雨「もし美影に今会ったら――？」
穿地「殺す――」
倒理・氷雨・薬子「！……」
穿地「殺すよ、私があいつを――」

12 覆面車の座席（夜）

穿地が来て、横になる。

穿地「……」

美影のことが頭を過ぎる——。

美影（声）「僕は心の鼓動が常に一定なんだ——」

13 （回想） 春望大学・誰もいない教室（6年前）

穿地（22）と美影（22）がいる。

穿地「鼓動が一定……？」

美影「例えば赤信号。子供なら信号を赤で渡ろうとすると、鼓動が激しくなる。万引きしようとするとドキドキする。これは潜在的にその行動が悪いとわかっているから。心がサインをくれる」

美影が一息ついて、

美影「でも僕はドキドキしたことがない。今まで一度も」

穿地「——」

美影「心がないんだよ」

穿地「……」

美影「初めてだよ、このこと話したの」

穿地「……」

美影の笑った顔、どことなく寂しそうに見える。

穿地が美影の頬に触れようとして——暗転。

14 覆面車の座席（夜）

穿地「……」

穿地が拳をギュッと握って——。

⑮ 南雲の事務所（日替わり・翌日）

倒理と氷雨が訪ねて来ている。

全員がマスコミ対応に追われている。

運転手の堀田浩一郎（34）、事務員の吉澤楓（32）らの姿。

倒理「先生が殺されて、活気あるな！」
事務所の面々、倒理を一斉に見る。

氷雨「（頭を下げて）言葉のチョイス、おかしいから」

すぐ近くに、集められた南雲の私物品。

巾着袋が少し開いていて、『南雲弘伸さま』と書かれた病院の処方箋が見える。

倒理がひょいと手にして中を見る。

カプセル薬が数錠に粉薬がいくつか。


浦和（声）「よろしければ差し上げます」

浦和が近づいて来る。


浦和「先生がいつも車の中に置いていた服薬セットですが、もう使う機会もありませんから」

倒理が感じる違和感。

倒理の瞳に映る巾着袋の中身――。

浦和が来客テーブルにコーヒーを並べて、

浦和「どうぞおかけください」
倒理「毒入りだったりして」
浦和「――」
氷雨「倒理――」
倒理が浦和を見据えて、コーヒーを飲む。

浦和「探偵さんだとうかがいましたが、お二人のどちらが？」
倒理「こっちです」

氷雨「こっちもでしょ」

小競り合いをしていると、浦和はデスクのある引き出しに視線を送る。

倒理がその視線を捉える。

浦和「先生のことをお話すればよろしいのでしょうか」

倒理「聞きたいのは、あなたについて」

浦和「え……」

倒理が立ち上がり、事務所内を歩きながら話す。

倒理「確認したいのは三つ。一つ、南雲弘伸のスピーチ原稿をいつも用意していたのは？」

浦和「私ですが」

倒理「二つ、パーティーのリハには？」

浦和「もちろんいました。私以外にも、(手で指し示し)彼女、事務員の吉澤君。それに運転手の堀田君にも手伝ってもらいました」

倒理「三つ、南雲弘伸が会場で倒れた後、どうしてた？」

浦和「ずっと先生のそばについていました。救急車が到着したあとも病院まで一緒に。最初は持病のせいで倒れたと思っていたんですが――」

倒理「他に同伴した奴は？」

浦和「私だけです」

倒理「じゃあ二人きりになる機会もあっただろう」

浦和「病室にも入りましたから、四、五分程度なら」

倒理「一分あれば充分」

事務所の窓際に立っている倒理。

浦和「私を疑ってるんですか？」

倒理「ご名答」

倒理と浦和――。

事務所の堀田、吉澤たちが気にして、見ている。

浦和「お引き取りを――」

倒理「ああ、用件は終わった。もう謎は解ける――」

倒理はソファーの隙間に何かを忍ばせて――。

16 通り

倒理と氷雨がいる。

氷雨「あからさまに相手を挑発しすぎ（だよ）」

倒理「俺の推理がそろそろわかっただろ」

氷雨が一息ついて、

氷雨「犯人は浦和敬人――。南雲弘伸に嘘の指示を出して、毒を自ら飲ませたと考えているんだね」

倒理「スピーチのタイミング、身振りやジョークの内容まで、南雲は秘書の指示に従ってた」

氷雨「……」

倒理「つまり、酒が弱かった南雲に『アルコールの消化を助ける薬です。スピーチの前シャンパンに混ぜて飲んでください』とかなんとか言って毒薬を渡しておく。南雲はスピーチに向かうとき、カメラに背を向けた。あのとき自分で混ぜた」

氷雨「……」

倒理「南雲自身が毒を入れたのなら、空になった容器があったはず。病院に付き添ったのは奴だけ。警察に気づかれずに回収することもできた」

氷雨「……」

倒理「何だよ、その顔」

氷雨「犯人にとってリスクが大きい。南雲の行動はカメラや人の目に映る可能性がある。それに——」

倒理「それに？」

氷雨「嘘をついて毒を飲ませるなんて、美影のトリックとしては簡単すぎる」

倒理「俺が解いた謎が簡単すぎるって言うのかよ！」

氷雨「もう一度冷静に……」

倒理「トリック解明は俺の担当。お前には解けないだろ」

倒理と氷雨——。

氷雨「君の方だよ、無理してるのは」

倒理「は？」

氷雨「美影の事件。解かない訳にはいかないと、どこかで焦ってる」

倒理「証拠があれば、文句ないだろ。十万で摑んでやるよ！」

氷雨「倒理……」

去って行く倒理。

氷雨「……」

17 寄席

落語を聞いている美影。

席は適度に空いているが、隣の席に誰かが座る。

——それは氷雨だ。

黙って落語を聞く二人——。

×　×　×

　休憩に入る。
美影「親子酒なら、志らくがいいな」
　初めて美影が氷雨の方を見る。
美影「時々、倒理や穿地が来てるんじゃないかと思うときがあるよ」
氷雨「一年前、偶然ここで君に再会したことも、会おうと思えば会えることも話してないよ」
　微笑んでいる美影。
氷雨「どう毒を飲ませたの？」
美影「無粋な質問だね。それを言ったら面白くない」
氷雨「僕は君や倒理とは違う。面白いかどうかなんて知ったこっちゃない」
美影「氷雨ってやっぱり探偵っぽくないよね」
氷雨「美影も犯罪コンサルタントっぽくないよ」
美影「僕は選んだ——六年前の事件に関わって」
氷雨「……」
　×　×　×
　フラッシュ——倒理のアパート・裏。（6年前）
　アパートの裏手の窓から室内を見る穿地（22）と美影（22）。そして氷雨（22）。
穿地・美影「!?」
　氷雨も凍り付く——。
　室内で倒れている倒理（22）。
美影（声）「——いまだにあの時の密室の虜なんだよ」
　×　×　×
美影「僕たちはいい関係だと思うよ。君たちは謎を解く側。僕は作る側。切っても切り離せない」

氷雨「穿地は変わらず、君を殺したがってるよ」
美影「君は相変わらず、倒理に殺されたがってるね」

沈黙の間――。
席を立つ美影。

美影「氷雨、僕が好きなトリックは？」
氷雨「チープトリック」
美影「今回もそれだよ」

去っていく美影。

氷雨「……」

⑱ 探偵事務所『ノッキンオン・ロックドドア』・中（夜）

氷雨が戻って来る。

氷雨「ただいま」

部屋は真っ暗。倒理はいない。
電気をつけて、ソファーに座る。

× × ×

フラッシュ――シーン17。

美影「君は相変わらず、倒理に殺されたがってるね」

× × ×

氷雨が一息ついて、携帯で倒理にコール。
だが電源が入っていない。

氷雨「……」

× × ×

フラッシュ――シーン16。

倒理「証拠があれば、文句ないだろ。十万で摑んでやるよ！」

× × ×

氷雨「十万……？」

氷雨がネクタイを緩めて、思案する。

氷雨「!……まさか」

携帯で調べる。建造物侵入罪は、三年以下の懲役または十万円以下の罰金と記されていて――。

氷雨が慌てて事務所を飛び出す――。

19 南雲の事務所・外〜中（夜）

氷雨が駆けて来る。

事務所は暗い。窓に近づくと、開いている。

氷雨「――」

室内から揉めている声。

激しい衝撃音!

氷雨「!……」

氷雨が室内に入る――。誰かがいる影。

電気をつける。

氷雨「!?」

立っているのは、息を切らした浦和。

頭を打って倒れて身動きしないのは、倒理だ。

頭から血が流れている。

氷雨「――」

氷雨はフラッシュバック――。

×　×　×

フラッシュ――倒理のアパート・裏。(シーン17、6年前の光景の続き)

氷雨(22)、穿地(22)と美影(22)が凍り付いている。室内で倒れている倒理(22)。

倒理の周囲に広がった赤い染みがはっき

り見えた――！

×　×　×

氷雨が過呼吸を起こす。

氷雨「……倒理……」

倒れるように倒理の手に触れて――暗転。

KNOCKIN'ON LOCKED DOOR

1 雑踏

イヤホンを耳につけて歩く美影。

古典落語『死神』を聞いている。

美影（N）「人生は選択の繰り返し。いくつもの分岐点を経て進んでいく」

× × ×

インサート——第2話・シーン5。

南雲がスピーチをしている。

突然、息が詰まったような声を出し、グラスが手から離れ、壇上に落ちて粉々に砕ける。

南雲はよろけ、絨毯が敷かれた床の上に落下。

『先生！』と浦和が駆け寄る。

× × ×

インサート——第2話・シーン5。
穿地「（吐き捨てるように）あいつは犯罪コンサルタントとして誰かから依頼を受けた。そして何らかのトリックを用いて、南雲に毒入りグラスが渡るように仕組んだ」

× × ×

インサート——第2話・シーン15。
浦和「私を疑ってるんですか？」
倒理「ご名答」

× × ×

インサート——第2話・シーン16。
氷雨「嘘をついて毒を飲ませるなんて、美影のトリックとしては簡単すぎる」

× × ×

倒理「証拠があれば、文句ないだろ。十万で摑んでやるよ！」

×　×　×

インサート――第2話・シーン19。

氷雨が室内に入る――。誰かがいる影。

電気をつける。

氷雨「!?」

立っているのは、息を切らした浦和。

頭を打って倒れて身動きしないのは、倒理だ。

頭から血が流れている。

氷雨「――」

氷雨のフラッシュバック――。

×　×　×

フラッシュ――倒理のアパート・裏。（6年前）

アパートの裏手の窓から室内を見る穿地(22)と美影(22)。そして氷雨(22)。

穿地・美影「!?」

氷雨も凍り付く――。

室内で血を流し、倒れている倒理(22)。

×　×　×

氷雨が過呼吸を起こす。

氷雨「……倒理……」

倒れるように倒理の手に触れて――。

×　×　×

美影が歩いている。

美影(N)「――起きてしまって初めてわかる。自分の選択は正しかったのかどうか」

2 通り

誰かが歩いている。携帯が震えて出る。

穿地（声）「やってくれたな、御殿場」

頭に包帯を巻いた倒理。

倒理「まずは心配しろ。頭五針縫って――」

穿地（声）「南雲の事務所に携帯を忘れて、取りに行ったら電気が消えていた。だから窓から入って取ろうとした?」

3 警視庁・廊下

携帯を手に穿地が話している。

穿地「お前がやったのは、刑法一三〇条。建造物侵入罪。三年以下の懲役または十万円以下の罰金」

4 通り～探偵事務所『ノッキンオン・ロックドドア』・中

以下、適度にカットバック――。

倒理「ハードボイルド探偵なら、普通やるだろ」

穿地「いつからジャンルを変えた?」

穿地が一息ついて、

穿地「秘書の浦和は、不審者が侵入して揉み合い、図らずも突き飛ばした。正当防衛が成立する」

倒理「……治療費、警察がもってくれよ」

倒理が携帯で話しながら事務所に入る。

穿地「(相手にせず)で、片無も倒れたと聞いたが」

倒理「過呼吸を起こしてな」

穿地「六年前のこと思い出したのか。どんだけナイーブなんだよ」

5 公園

氷雨がタブレットを見ている。

三年前の建築現場での事故の記事——。

穿地（声）「ちなみに御殿場が考えたトリック——」

6 探偵事務所『ノッキンオン・ロックドドア』・中〜玄関先

戻って来た倒理が携帯で話している。

穿地「——秘書が嘘の指示を出して、南雲に毒を飲ませたというのは、大ハズレ」

倒理「えっ」

穿地「私たちも南雲が背中を向けた瞬間に着目した——」

× × ×

フラッシュ——ホテル・大広間。

カメラに背を向けてスピーチ台に向かう南雲。

× × ×

南雲を正面から見ている客たちの目線——。

南雲は何も口に入れない。

穿地（声）「でもパーティーの参加者たちから聴取したところ、南雲が不審な行動をとったという証言は一つも出なかった」

× × ×

倒理「盛大な空振りかよ」

大きなため息をつく倒理。

穿地「ため息をつきたいのは、こっち」

電話が切られる。

倒理が髪を掻きむしる。

ドアをノックする音。コン……コン、コン。

倒理「……」

次はゴツゴツと肘で叩くような音。

さらに様々なリズムで、音楽を奏でるような音。

倒理「？……」

ノックがする扉を倒理が開いて——。

倒理「誰だ——」

意外な人物に驚く倒理で——。

○タイトル

7 探偵事務所『ノッキンオン・ロックドドア』・玄関先

目の前にいる人物を見て、驚いている倒理。

天川（声）「ノックの音で見抜いて欲しかったね」

立っているのは——天川教授。

天川「君の推測を私が推測して、あらゆるパターンを混ぜた。こんなことをする相手は、一つ、君のことをよく知る人間。二つ、君の推理力が進歩しているか停滞しているかを見極めたい人間。——（銘菓を渡し）はい。お見舞い」

倒理「……どうも。ていうか、何で——」

天川「何で——不出来な教え子が負傷したことを知り得たか」

倒理「……」

天川「君たちが探偵を始める前、私が紹介した人物から聞いた」

倒理「仲介屋——」

天川「で、現時点の君の謎解きは空振りという訳か」

倒理「……入ります?」

8 同・中

倒理と天川がいる。
自分が渡した銘菓を食べ始める天川。

倒理「ずっと聞きたかったこと、あるんですが」

天川「君にそんな前置きは似合わない。六年前の事件のことかな」

倒理「……教授との会話は無駄がなくていいです」

天川「過去の扉には強固な鍵がかかっていて、開錠することはもちろん、ノックすることもはばかられるんだろう」

倒理「……」

天川「ただし、君たちが探偵である以上、いつかは謎を解く日がくるかもしれないね」

倒理「……」

倒理が一息ついて、

倒理「その前に、解くべき謎が(あります)――」

天川「足し算ではなく、かけ算」

倒理「?……」

天川「君の『不可能』と片無君の『不可解』がうまくかけあえば、力を発揮する。忘れないように」

倒理「……」

9 同・外観(時間経過・夜)

10 同・中(夜)

倒理、氷雨、薬子、そして訪ねてきた穿

地。

　穿地が一人、倒理が作ったご飯を黙々と食べている。

倒理「帳場が近いからって、飯食べに来るなよ」

穿地「（ジロリと）タダ飯、しばらく食べさせてもらう」

薬子「（倒理に）それで許してくれるならいいじゃないですか」

氷雨「参事官の叔父さんに絞られたって」

倒理「忍び込んで、成果がなかった訳じゃない」

穿地「……」

×　×　×

　倒理が巾着袋を取り出して置く。

倒理「南雲がいつも車の中に置いていた服薬セット」

　倒理が中身を出す。カプセル薬と粉薬と処方箋。

倒理「この中身が気になるんだよ」

穿地「ちょっと待て。御殿場、まさかとは思うが、コレ」

倒理「失敬してきた」

穿地「するな！　それを窃盗というんだよ！」

薬子「（ボソッと）ダメな大人を見るのは面白い」

倒理「秘書が欲しいならあげるって（言ってたんだよ）」

氷雨「すぐ返しに行くから、穿地ここはスルーして」

　穿地がため息をついて、

穿地「これのどこが気になる？」

倒理「事件発生時と中身が変わってないか確認し

てくれ。話はそれから。それともう一つ気になることが」

×　×　×

フラッシュ——第2話・シーン15。
浦和はデスクのある引き出しに視線を送る。
倒理がその視線を捉える。

倒理（声）「俺たちが事務所を訪ねたとき、秘書の浦和がデスクの引き出しを無意識に気にしていた」

×　×　×

倒理「当然何があるのか、確かめた」

×　×　×

フラッシュ——南雲の事務所。（夜）
忍び込んだ倒理が巾着袋をポケットに入れる。
事務所のデスクに手をかける。
鍵が掛かっているが、こじ開ける。
倒理が見る。工事現場で大型クレーンが転倒した事故調査委員会の資料だ。

浦和（声）「誰だ、何をやってる!?」
逃げようとする倒理。浦和に捕まる。
揉み合い、倒理が突き飛ばされて——。

×　×　×

倒理「三年前、あかつき総合病院の建設中に大型クレーンが転倒した事故の資料だった」
穿地「——」
氷雨「それ、この事故」
氷雨がタブレットで様々な記事を見せる。

氷雨「国土交通大臣だった南雲は、大手建設会社光林組からの不正献金疑惑があったでしょ。それはこのあかつき総合病院の公共事業絡み」
穿地「硬い記事から下世話なものまで、よく集めたな」
氷雨「事件のスクラップは、毎日の日課だから」
倒理「真面目か」
薬子「努力してる人間を馬鹿にすると人間の底が知れますよ」

薬子がニコッと笑う。
倒理の顔が微かに引きつる。

氷雨「とにかく事故の原因は、納期を遅らせたくないための違法労働だった。風速が規定の数値を超えていたのに、大型クレーンを稼働。作業員と一般人五名が命を落とした。下請け業者の責任とされたけど、これ噂があるよね」

氷雨が穿地を見る。

穿地「指示を出したのは、南雲」
氷雨「ただ伝聞伝達の場合、これを無効にする決めゼリフがある」
倒理「——記憶にございません——」
穿地「ああ、それだ」
氷雨「罪を犯し、罰せられることもなかった。だとしたら、この事故の関係者には南雲を恨むべき動機があると思わない?」
倒理・穿地・薬子「——」
穿地「秘書は気づいている。でもあえて黙っているという訳か」
倒理「そういうのは俺の担当外。(氷雨に)動機はお前が解くべき謎だ」

氷雨「衆人環視下の毒殺トリック――君が解くべき謎だね」

倒理「二つの面からあたろうぜ。穿地、大船に乗ったつもりでいろ」

倒理が頭のガーゼを手にして、

倒理「俺たちに解けない謎はない。（バッとガーゼを剝がし）――痛っ」

薬子「はい、貼り直しますよ」

---

11 とある邸宅前に停車した車（日替わり）

助手席に倒理。

運転席の穿地は『運転手　堀田浩一郎』のプラカードをかけている。

『被害者　南雲弘伸元議員』と首からプラカードをぶら下げた小坪が車に乗り込む。

倒理「政治家としての威厳が皆無」

小坪「こいつの言う通り、被害者の行動を再現する必要ある（んですか）――」

倒理「リアリティがないと推理の妨げになる」

穿地「ありったけの威厳を」

仕方なく演じる小坪。

穿地「行くぞ」

×　　×　　×

現実の映像とカットバック――。

南雲が後部座席に乗っている。

運転するのは、堀田。

倒理（声）「六時三十分、運転手の堀田浩一郎が南雲弘伸を自宅まで迎えにいった。そしてホテルに向かった――」

⑫ ホテル・外

停車する穿地の車。
後部座席のドアを開ける穿地。
威厳ある風を演じて降りる小坪。傍にいる倒理。

倒理「ホテルに到着したのは、六時五十分」

× × ×

現実の映像とカットバック――。
車が到着。堀田がドアを開けて、降り立つ南雲――。

⑬ 同・大広間

倒理、穿地、小坪が会場に入る。
穿地は『秘書　浦和敬人』のプラカードをかけている。

倒理「七時に秘書の浦和敬人とともに会場入り――」

× × ×

現実の映像とカットバック――。
会場に入る南雲。傍には浦和。

× × ×

『給仕係　香山聡美』とプラカードをかけた倒理がシャンパンを運んでくる。
それを一つ取る小坪。傍には穿地。
小坪がシャンパンを手に、スピーチ台に向かう。

倒理「七時十五分。南雲はシャンパンを手に、スピーチに」

× × ×

現実の映像とカットバック――。
シャンパンを手にスピーチ台に向かう南雲。

×　×　×

スピーチの途中に苦しみだし、南雲がグラスを落とす。倒れる南雲。

×　×　×

倒理（声）「七時十九分。南雲は苦しみだし倒れた」

倒理が思案しながら話す。

倒理「南雲が毒入りグラスを選ぶように仕向けるのも、選んでから毒を入れるのも、両方不可能だ。なら答えは一つ。南雲が飲んだシャンパンには毒は入っていなかった」

穿地・小坪「は？」

穿地が何か言おうとするのを制する倒理。

倒理「検証してもやっぱり会場に入ってからは隙はない。でも入る前ならいくらでも隙があった」

倒理が穿地を見て、

倒理「どうだった、例の薬のセット？」

穿地「事件発生時と同じ。所轄の捜査員が確認している」

倒理「おかしいな。あれは車内にあったんだ。薬を飲むことはできないじゃないか。水がないと」

穿地・小坪「――」

倒理「粉薬もあるから、普段なら小型のペットボトルか何か常備していたはず」

穿地「何が言いたい？」

倒理「犯人は予め（あらかじ）ペットボトルを抜いておいた――」

×　×　×

インサート――車内。

服薬セットのペットボトルを取る誰かの手。

×　×　×

インサート――ホテル・どこか。

ペットボトルに毒を混入する誰かの手。

倒理(声)「そしてそれに毒を入れて――」

×　×　×

小坪「いやいや、だから毒は――」

倒理「だから今、それを言うな」

倒理が思案しながら、

倒理「犯人は南雲が会場に入る前に毒入りペットボトルを渡した」

×　×　×

インサート――ホテル・控え室。

南雲に誰かが小型ペットボトルを渡す。

倒理(声)「――挨拶回りで喋りっぱなしになるから、喉を湿らすように促せばいい。そうすると一つの計算があう」

×　×　×

穿地「計算？」

倒理「毒の発症時間は平均二十から三十分。持病とこじつけなくてもいいだろ」

穿地・小坪「……」

倒理「はい、言いたいこと言っていいぞ」

穿地「シャンパンから、毒が検出された」

倒理「そこが難問」

小坪が鼻で笑う。

倒理「努力してる人間を馬鹿にすると人間の底が

知れるぞ」

14 事故現場

三年経った今も花やお供え物が置かれている。
氷雨が携帯を手にして、話している。

氷雨「クレーン転倒事故の関係者や遺族の方たちに話を聞いて、気になる人物がいたよ」

15 探偵事務所『ノッキンオン・ロックドドア』・中（夕）

倒理がソファーに横になっている。
携帯をスピーカーにしている。

氷雨（声）「クレーンを稼働して亡くなった作業員」

16 通り（夕）

以下、適度にカットバック——。

氷雨「——佐野良介（さのりょうすけ）、当時28歳」

× × ×

インサート——雑誌記事など。
佐野良介の写真——。

氷雨（声）「彼には奥さんと息子がいた」

× × ×

フラッシュ——事故現場。
佐野奈々（なな）（28）を遺族たちが叱責している。

奈々「すみません……すみません……すみません……」

遺族たちの怒号は止（や）まない。
やり場のない怒りをすべて奈々にぶつける。

氷雨（声）「奥さんは南雲弘伸に何度も詰め寄ってたそうだ」

×　　×　　×

フラッシュ――南雲の自宅。
南雲（59）と浦和（46）がいる。
ボロボロの奈々（30）が駆け寄って、

奈々「夫が言ってたんです。あなたが会社に指示したって。本当のこと、話して下さい――」

南雲「（浦和に）警察を呼びなさい」
浦和が奈々を見る。奈々の目からは涙――。

×　　×　　×

倒理「その奥さんが犯人か」

氷雨「……亡くなってた、一年前に」

倒理「え……」

氷雨「事故か自殺か、電車のホームから転落してね」

倒理「――」

氷雨「彼女自身大切な人を失った。それなのに遺族の憤りも受け止めた。苦しかったと思う……苦しくて、苦しくて……」

倒理「動機があっても、死んだ人間に犯行は不可能――」

氷雨「……」

17 探偵事務所『ノッキンオン・ロックドドア』・中（夜）

倒理と氷雨が向かい合って座る。
机にアイスコーヒーを二つ置く。

倒理「不可能、不可解、どちらか解ければ、一気にひもとける」

氷雨「待ってる。僕のターンまで」
倒理「それはこっちだ」
氷雨「どっちも待ってたら、謎は解けない」

倒理と氷雨――。

倒理「男が衆人環視下で毒殺された」
氷雨「男が飲んだシャンパンから毒物が。ただグラスに最初から毒が入っていた訳じゃない」
倒理「何か見落としてるんだ」
氷雨「盲点」
倒理「そう、毒を混ぜる盲点」
氷雨「シャンパンに毒が入っていたように見せかけるとか」

倒理が氷雨を見つめる。

氷雨「?……」
倒理「待ってる、僕のターンまで」
氷雨「は?」
倒理「さっき、そう言ったな」
氷雨「え……」

倒理がムクッと立ち上がる。
アイスコーヒーのグラスを手にする。
倒理がグラスから手を離す。グラスが割れ、コーヒーが飛び散る。

氷雨「!?　倒理――!」

倒理の瞳に映る割れたグラス、広がる液体。
倒理はさらにもう一つグラスを手にして、割る。

氷雨「落ち着いて――」
倒理「これだ」
氷雨「え……」

倒理「待ってたんだ!!」

ホテル・庭（日替わり）

倒理と氷雨がいる。穿地が来る。

氷雨「南雲の事務所に、事故の関係者が一人いたよ」

穿地「それならこっちも報告が来た。でもどうして、あいつが――」

氷雨「施設にいる佐野良介の息子のもとに、その人物は何度も足を運んでいた。そして言っていたそうだよ。お父さんは悪くない、悪いのは私だと」

穿地「――」

倒理「犯人の条件と一致する。関係者を集めろ」

19 **同・大広間**

倒理、氷雨がいる。

関係者は浦和しかいない。

倒理「何で全員揃ってないんだよ！　お約束だろ！」

氷雨「事務所の方たちには全員来て欲しかったですね」

浦和「忙しいんですよ。話を聞く価値あるんですか」

倒理「結論から言う。犯人は待っていた。シャンパンが南雲の手から落ちるのをずっと」

浦和「は？」

倒理「南雲がスピーチ台に落としたあとで毒入りに変わった。つまり毒は前もってスピーチ台の床に塗られてたんだ」

浦和「!?」

倒理「わずか十ミリグラムの透明な液体。なら、表面に塗ってあっても誰も気づかない」

×　×　×

フラッシュ――第2話・シーン5。

南雲が苦しみ、シャンパングラスを落とす。

割れる。広がる液体。

倒理(声)「南雲がグラスを落としたとき、シャンパンはスピーチ台の上に広がった。グラスも、粉々に割れたあとはシャンパンにひたって――」

×　×　×

倒理「――微量の毒物がグラスの内側からも検出されたっていう不自然ではない状況を作り出せたわけだ」

浦和「あり得ない！　毒を塗った場所にグラスを落とさなかったら？　運任せ(すぎる)」

倒理「絶対確実じゃないが、限りなく確実ではあった」

倒理が速射砲のように告げる。

倒理「いいか。南雲がスピーチ前にシャンパンを手に取ることと、それを一口飲むこと、グラスを持ったまま登壇することは確実だった。何故なら、スピーチ原稿にそうするように書いてあったから」

浦和「――」

倒理「グラスを落とす場所も、南雲の立ち位置を知っていればほぼ確実。まだまだあるぞ。毒を飲んだ時間から逆算すれば、苦しみだすタイミングがスピーチ中なのはほぼ確実。神経毒だから苦しみだすと同時に、グラスを取り落とすのもほぼ確実。グラスが硬い台の上に落ちたら、割れて中身が飛び散るのもほぼ確実。そしてそこに塗られた毒がシャンパンと混ざるのも、ほぼ確実」

浦和「――」

氷雨「どうしてあなたがトリック解明を拒むのか。条件が出揃えば、犯人が絞り込めるからですね」

倒理「まず、スピーチ原稿を詳しく知り得た奴。かつ、リハに顔を出していた奴。かつ、普通の場所で毒殺すると嫌疑がかかるほど身近にいた奴。かつ、パーティー前に南雲と接触する機会があった奴。かつ、車内の服薬セットに細工が可能だった奴。すべて当てはまるのは――」

氷雨「運転手の堀田浩一郎」

倒理「肝心なとこ言うなよ！」

浦和「……」

氷雨「ここからは僕のターンでしょ」

氷雨が浦和に向き合って、

氷雨「今回の犯行――あなたはクレーン転倒事故が関係していると気づいていた。一年前に堀田が南雲の運転手になってますね。その目的を知っていたのではないですか」

浦和「……」

× × ×

フラッシュ――南雲の事務所。(1年前)

浦和(46)と堀田(33)がいる。

堀田の身辺調査の資料が置かれている。

浦和「あの事故の現場で働いていたんだな」

堀田「……俺のせいなんです」

浦和「え……」

堀田「クレーン、俺か佐野のどちらかが稼働しなきゃいけなかった。でも風が強くて怖かったから、俺が無理矢理押し付けた」

浦和「――」

堀田「死んでいたのは自分で、自分が多くの人の命を奪ったかもしれないんです――。真実を話して下さい――」

浦和「……先生は指示を出していない。それが真実だ」

堀田「……」

× × ×

氷雨「堀田は納得し、心を入れ替えて働くと言ったのでしょう。だからクビにしなかった。しかし今回事件が起きて、あなたは真っ先に彼を疑った」

浦和「……」

氷雨「それなのに何故、沈黙したのか」

浦和「……」

氷雨「二人三脚であなたと南雲は政界でのし上がった。南雲の選択にはすべて関わっていた」

浦和「……」

氷雨「贖罪（しょくざい）の連鎖――堀田を庇（かば）ったのは、あなたも苦しんだからですね」

浦和「……すべての発端は私。何としてでも納期に間に合わせるよう、先生に進言したのは私なんです」

浦和が項垂（うなだ）れて――。

20 事故現場

花を供えて、手を合わせている堀田。

堀田「……」

× × ×

フラッシュ——シーン16。
奈々が遺族から責められている。
それを遠くから見て立ち尽くす——堀田(31)。

× × ×

誰かが近づく——穿地と小坪だ。
穿地「署に同行してもらえますか」
小さく頷く堀田。
氷雨(声)「過去は変えられない——」

21 ホテル・大広間

氷雨「でもこれからのことは変えられます」
浦和「——」
倒理「これ以上後悔しない道を選ぶんだな」

22 寄席 (日替わり)

演目が全て終わり、席を立ち始めている客。
席に座っている氷雨が携帯を見ている。
三年前の事故の真実を浦和が公表している記事。
美影(声)「いけると思ったんだけどな」
氷雨の隣にいるのは——美影だ。
氷雨「と言いつつ、この結果まで想定内だったりして」
美影「買いかぶりすぎ(だよ)」
氷雨「穿地が言ってたんだよ。善悪の問題じゃない。美影は潔癖症だからってさ」
返答しない美影。

氷雨「美影、そろそろ今の仕事辞めたら？」
美影「気に入っているんだ」
氷雨「理解しがたい」
美影「僕から言わせれば、君と倒理の方が理解しがたい」
氷雨「……」
微笑んで美影が立ち去る——。
倒理（声）「なんて奇跡だ——」

23 通り（日替わり）

停車した車。運転席に氷雨。助手席の倒理。
スピーカーホンにしている。
倒理「——二人の好みの車が見つかるなんて！」

24 もんじゃ焼き屋

昼間からビールを飲んでいる神保。
神保「私に仲介できないものはない」

25 通り

以下、適度にカットバック——。
氷雨「どこかで聞いたセリフ回し」
神保「これで機動性確保。じゃんじゃん依頼こなして——」
倒理「今のところマイナス」
神保「え……」
倒理が携帯を切る。
信号が変わり、恐る恐る走り出す車。
氷雨「言えないね。二人ともペーパードライバーだって……」

倒理「教習所に通いなおす金もない」

　角から人が飛び出してきた。

　慌てて止まる車。

　氷雨が慌てて降車し、倒理も続く。

氷雨「だ、大丈夫ですか」

　黒いロングヘアに分厚い眼鏡をかけた女子高生・高橋優花(たかはしゆうか)(17)。

優花「平気です。すみません、飛び出して」

　胸をなで下ろす倒理と氷雨。

優花「あの、このあたりに探偵事務所ってありますか。『ノッキンオン・ロックドドア』って変な名前の」

倒理「心外だな。俺が名付けた」

優花「え……」

倒理「面白い事件なら受けてやる。で、不可能、不可解、どっちだ?」

KNOCKIN'ON LOCKED DOOR

線路下の地下通路

道路から緩やかな坂を下って出入りする場所。

穿地と小坪が歩いて来る。

穿地が足を止める。

穿地「いかにもな場所――」

小坪「（資料を手にしていて）確かにこの辺りですね。児童が連れ去られたのは」

穿地が周囲を見渡しながら、

穿地「犯罪者から見れば、都合のいい要素が揃っている」

訝（いぶか）しげに周囲を見渡す小坪。

穿地「刑事なら、ピンと来ない？」

小坪「……当然、来てますよ、ピンと」

穿地「……」

穿地が一息ついて、

穿地「人と同じように場所にも色んな顔がある。ここは昼と夜では姿を変える――」

小坪「それを完璧にわかってるんですね、例の犯罪グループ」

穿地「とにかく急がないと――」

2 探偵事務所『ノッキンオン・ロックドドア』・中

アイスティーを作っている薬子。傍には倒理。

薬子「いかにもって感じ」

応接室に氷雨と依頼人・高橋優花（17）がいる。

薬子「あの制服、ミゲル女学院。池袋にあるお嬢様高校ですよ」

倒理「お嬢様ねえ」

倒理が優花を見る。

優花は半袖のブラウスの上に校章入りのベスト。

ベストのボタンは外しているが、スカートは膝丈、ハイソックスはピンと伸びている。

倒理は欠伸（あくび）をかみ殺して、

倒理「興味なし。人探しの依頼なんて」

薬子「はい、やる気絞り出して。これ持ってって下さい」

茶菓子の盆を渡される倒理が応接室に入る。

倒理が氷雨の隣に座ろうとするが、

倒理「……駄目だ、興味ないものはない」

テレビの前に座る倒理。テレビをつけて、

茶菓子も食べ始める。

氷雨「テレビつけない！　お客さんに出すものも食べない！」

氷雨がテレビを消し、茶菓子も奪い取る。

倒理はごろんとふて寝する。漫画を読み始める。

氷雨「ふて寝もしない！　漫画も読まない！」

倒理「俺の頭を使うような依頼じゃない」

優花「……」

氷雨「お気になさらずに。僕が依頼を受けます」

優花「助手の方でも大丈夫なんですか」

氷雨「僕も探偵です！」

優花「え……」

倒理の笑い声。漫画を読んでいる。

氷雨「それ、ゴリゴリのサスペンス。笑いどころないでしょ！」

氷雨が一息ついて、

氷雨「で、その探して欲しい友達の名前は？」

優花「潮路岬（しおじみさき）って子です」

スマホで写真を見せる。

写真加工アプリを使っている。ショートヘアで、一部分の髪を染め、ピースしている。濃いめのメイク。

夏用のブラウスに赤いネクタイ。

氷雨「あなたとは制服が違いますね」

優花「岬は鷺沢女子高の生徒です。中学のとき塾が同じで、高校に入ってからも仲良くしてました」

氷雨「いなくなったというと、具体的には？」

優花「連絡が取れないんです。メールの返信もないし」

倒理がふて寝して漫画を読みながら、

倒理「君が拒否られてるだけじゃないの？」

優花「ち、違います、学校も休んでるみたいだし、岬は鷺沢の寮に入ってるんですけど、いないみたいで。小田原の実家にも電話してみたんですけど、帰ってないって」

氷雨「連絡が取れなくなったのはいつから？」

優花「月曜日の夜からです」

氷雨「今日が水曜日。丸二日……」

薬子がアイスティーを持って来る。

薬子「そもそも、どうしてこの事務所に？」

優花「ホームページを見て」

氷雨「ホームページ？」

倒理「何だ、それ」
薬子「これですよ」
　スマホで見せる。
　倒理と氷雨の顔写真が掲載されたホームページ。
倒理・氷雨「！……」
氷雨「誰が、一体──」
倒理「あいつだ」
　倒理が携帯にコール。スピーカーにして、
神保（声）「はい──」
倒理「勝手に何やってんだよ、仲介屋──」

3 もんじゃ焼き屋

　神保がもんじゃ焼きの商品開発中。
倒理（声）「無許可で写真も使いやがって、肖像権侵害。事と次第によっちゃ──」
神保「車のローン、誰が肩代わりしてると思ってるんですか」
　以下、適度にカットバック──。

4 探偵事務所『ノッキンオン・ロックドドア』・中

倒理・氷雨「（ウッとなって）──」
神保「ホームページに気づいたってことは、それ見て依頼人が来たってことかな。いやぁ、毎月のノルマ達成のお手伝いなんですがねえ。何か問題でも？」
倒理「……いや、あれだ。問題はこの写真。折角ならもっと普通のを使えよ。俺、ふてぶてしそうだし」
氷雨「僕なんか、就活生みたいだし」

薬子「それって、イメージ通り。自分のこと、どんな感じだと思ってるんですか」
倒理・氷雨「……」
神保「これまでの倍依頼こなして、私の『もんじゃ焼きビジネス』の夢叶えてくださいよ」

電話が切れる。

氷雨「ノルマあるし、ほら、やる気出して、倒理」
倒理「やる気なしなのは、お前もだろ」
氷雨「……」
倒理「はい、図星。二日連絡がとれないから、友達を探してくれ？　しばらく様子を見るのが一番」
優花「あ、あの。月曜日、学校の帰りに岬を見たんです――」

優花が不安げに話し出す。

優花「新池谷の線路の下に地下通路があるんです。その傍を歩いていたら、『優花』って声がして――」

×　×　×

イメージフラッシュ――線路沿いの道（夜）

制服姿の優花が足を止める。
線路の向こう側の道で潮路岬（顔は見せない）が手を振っている。

優花（声）「岬が線路の向こう側の道で手を振っていました。それで『今からそっち行くから』みたいなジェスチャーをして、地下通路に入っていったんです」

優花側の目線――岬（顔は見せない）が地下通路に入っていく。

優花（声）「でも、五分ぐらい経っても出てこなくて。変だなって思って入ってみたら……」

地下通路に入る優花、そこには誰もいない。

× × ×

優花「――岬が消えていたんです」
倒理「――」
氷雨「それ、何時頃ですか？」
優花「七時ちょっと過ぎです」
氷雨「潮路岬さんはどんな感じでしたか」
優花「制服にリュック背負ってて……あとスポーツバッグみたいなの肩にかけてました。月曜日はスイミングクラブに通ってるって言ってたので、その帰りだと思います」

倒理が氷雨の隣に座る。

倒理「ひょっとして、連絡が途絶えたのは――」
優花「それ以降です」
倒理「（喜んで）おっ、謎めいてきたじゃ（ないか）」

氷雨が肘で突いて、窘める。

優花「……私、怖いんです。もしかして岬――本当に消えちゃったんじゃないかって」
氷雨「自ら姿を消したのか、それとも何かに巻き込まれたのか」
倒理「事件性なしなら、途中で俺は手を引くからな」

優花が不安そうな表情になる。

氷雨「大丈夫」

氷雨が笑顔を見せて、

氷雨「必ず見つけ出すよ。僕たちに解けない謎はないからね」

○タイトル

鷺沢女子高等学校・校門

倒理が女子高生たちに囲まれている。

倒理「二年二組の潮路岬を知ってる奴（いないか？）」

『お兄さん、何してる人？』『ちょっとかっこよくない？』『写真撮らせて』『私も――』『はい、撮るよ』など。

思わず顔がニヤける倒理。

鷺沢女子寮・近く

氷雨がいる。携帯に倒理からメッセージ。

『女子高生に囲まれてる。俺って結構モテるのか』という文章。そして囲まれている女子高生と一緒に撮った写真付き。

氷雨「……」

氷雨がメッセージを打ち返して――。

7

鷺沢女子高等学校・校門

倒理の携帯に氷雨からメッセージ。

『面白がられているだけ。校舎に迷い込んだ犬と同じ』――。

倒理「誰が迷い込んだ犬だよ」

女子高生が数名通りかかる。

『あ、彼女ら、潮路さんと同じクラスでつるんでた子だよ』と教えてくれる生徒。

倒理が近づいて、

倒理「ちょっといいか。潮路岬はいるか？」

女子高生Ａ「昨日から来てないけど」
倒理「何か話してなかった？　トラブルとか、悩みとか」
女子高生Ａ「うーん。何かあったっけ？」
女子高生Ｂ「コンタクト、ワンデーに変えたら痛いって言ってた」
女子高生Ｃ「あと推しのアイドルがテレビに出ないって」
倒理「どれも大問題だな。彼氏とかは？」
女子高生Ａ「いなかったと思いますけど……何でそんなこと聞くんです？」
　倒理をジッと見る女子高生たち。
倒理「実は俺——芸能スカウトで、彼女をアイドルにしたいと思ったり思ってなかったり」
　驚く女子高生たち。

女子高生Ｂ「潮路さんって、そんな可愛かったっけ？」
女子高生Ａ「メイクと加工はうまかったよ、ほら」
　携帯で岬が写った写真を見せる。
女子高生Ｂ・Ｃ「盛りすぎー」
倒理「さすが十代女子、無限に話が脱線していくな。普段彼女、どんな感じだった？」
女子高生Ａ「どんなって……普通だよねえ」
女子高生Ｂ「あんま印象ないかも」
女子高生Ｃ「うちらクラス内でつるんでるだけで——」
教師（声）「コラ、何してんの！」
　ジャージ姿の中年の女性が駆けて来る。
『早く帰りなさい』と生徒たちを帰らせつつ、ジロリと倒理を睨む。『潮路さん、アイドルにしたいそうですよ』と生徒が言って去る。

教師「潮路？　うちのクラスの」

倒理「担任か。あなたから見た彼女はどういう生徒だった？」

教師「は？」

倒理「問題はなかった？　いじめとか」

教師「ないない。どこにでもいる普通の子。さあ、帰って帰って！」

しっしっと犬を追い払う手つき。

倒理「その手つきはやめろ！」

8 鷺沢女子寮・エントランス

氷雨が本庄真琴(16)から話を聞いている。

真琴「普通ですよ、潮路先輩」

氷雨「ルームメイトなんですよね。最近彼女、様子がおかしかったこととかないですか？」

真琴「さあ。一個上だし、あんま話さないから」

氷雨「彼女から来たメッセージ見せてもらえますか」

メールアプリのメッセージを見せる。

月曜日の夜、二十時過ぎ。潮路岬からだ。

『しばらく帰らないから、周りにテキトーに理由言っておいて』と記されている。

氷雨「……」

真琴「これ来たから、風邪だって周りに言いました」

氷雨「この後、連絡は？」

真琴「ないです」

氷雨「あなた以外、彼女がいないことに気づいている人いますか」

真琴「私だけ。風邪って嘘ついても、心配して様子見に来る人もいないし」

氷雨「……」

真琴「やっぱり誰かに言ったほうがいいですか」

氷雨「いえ、もう少し待って下さい」

9 スイミングクラブ（夕）

倒理と氷雨がインストラクターの八島孝弘(30)から話を聞いている。

周りにはクラブの面々。主婦が多い。

八島「潮路さん？　普通の子ですよ」

『普通よねえ』『普通、普通』と主婦の面々。

倒理「その情報はもういい。普通じゃない話が聞きたいんだよ」

氷雨「月曜日、ここに来た後から行方がわからないんです。何かいつもと違ったことは？」

沈黙の間――。

主婦「あっ！」

倒理・氷雨「（期待して）――」

主婦「月曜日、潮路さんが忘れたんです。会ったら渡しておいて下さい」

主婦が鞄から取り出したのは、水泳ゴーグル。

倒理・氷雨「……」

主婦たちは立ち去る。

倒理「（ゴーグルを持て余し）そんな印象に残らない奴かよ」

氷雨「どんな些細なことでもいいんです」
八島「そういや……練習終わりで、そこの裏庭にいたんです。帰ろうとする潮路さんを、見ている男の人がいた」
倒理「お、いいねえ！　そういう事件の匂い！」
氷雨「その男性、ここに通ってる人ですか」
八島「見かけない人です。裏庭にある階段を降りたら、一般道に繋がってるんです。そこから入った人かも」

倒理は裏庭を確認する。
防犯カメラがある。倒理が指差して言う。

倒理「映像、見せてくれ」
八島「いや、それはちょっと」

倒理が名刺を取り出し近くに置く。穿地の名刺だ。

八島「え、警察？」
倒理「……」
八島「……わかりました。どうぞ」

八島の後ろを歩く倒理と氷雨。

倒理「前に穿地が忘れていったんだよ」
氷雨「さすがにマズイでしょ」
倒理「名刺を置いただけだ。警察だから見せろとは一言も言っていない」
氷雨「……でも、穿地に知られたら殺されるよ」
倒理「知られたらな」

10 同・事務所（夕）

倒理と氷雨が防犯カメラ映像を見ている。

月曜日、十八時半頃——。

去る岬の背をジッと見ている男（真鍋俊樹、45）。

氷雨「彼女が消える三十分ほど前だね」

倒理が巻き戻し。

防犯カメラ映像——。

夕方から夜になる頃。裏庭にいる岬。

岬はベンチに座っていたが、立ち上がり、近くの階段下に近づく。ジッとしている岬。

倒理「この映像からして——潮路岬が裏庭にいると、偶然、ひっかかる話が聞こえてきた。聞き耳を立てていたら——」

慌ててイヤホンを取り出し、耳に差し込む岬。

ある男が階段を駆け上がる。他数名もだ。

倒理「——相手が近づいてきたので、慌ててイヤホンをつけて、聞いてない振りをした」

男たちは岬がイヤホンを耳にしているのを見る。

岬は裏庭から離れる。

携帯を取り出して、何かを検索している姿——。

男は去っていく岬の背中をジッと見ている。

倒理「——しかし聞いた内容が気になり、携帯で検索」

氷雨「何を聞いたんだろう」

倒理「……」

倒理が巻き毛に触れる。

氷雨の携帯が震える。『薬子』からだ。

氷雨が携帯に出る。

薬子（声）「今、どこです？　優花さん誘って、地下通路の現場にいるんです」

氷雨「現場に？」

11 線路沿いの道（夕）

恐ろしくゆっくり走る車。

運転席は氷雨。助手席には倒理。

薬子と優花が待っている。

停車する車。降り立つ倒理と氷雨。

薬子「歩いた方が早くないですか」

氷雨「しかもドッと疲れる。倒理が運転してよ」

倒理「今週はお前の約束だろ。ていうか、何で現場に来てんだよ」

薬子「消えたっていうなら、周辺の防犯カメラを調べれば何かわかるんじゃないかと思って」

薬子がニコッと笑う。

倒理「特別手当出さないぞ」

薬子「空振りでした。この辺り、ないんですよ、防犯カメラ」

地下通路が見える。

氷雨「あれが例の地下通路？」

優花「はい」

氷雨「あと十五分ほどで、実際いなくなった時間だね」

倒理「それまで腹ごしらえだ」

倒理が車に置いてあるフードケースを取り出す。

氷雨に渡し、自分のも開ける。

中には様々な具材が入ったサンドイッ

チ。

氷雨「よかったら、どうぞ」

薬子「倒理さん、お手製だからおいしいですよ」

優花「お手製？」

薬子「料理男子なんですよ。っぽくないでしょ」

分けてもらって食べる優花。

優花「おいしい！」

倒理「サンドイッチは熱を加えると、中のキャベツの甘みが増して飛躍的にうまくなる」

車の傍で食べる一同。

優花「岬、何かトラブルとかは？」

氷雨「何もなかったよ」

優花「みんな、何て言ってましたか。岬のこと」

氷雨「声を揃えて普通だと」

倒理「普通、普通、普通——あんま印象に残る奴じゃなかったんだな」

優花「……誰もわかってない」

氷雨「高橋さんから見た潮路さんは、どんな印象？」

優花「岬は……繊細な子でした。普段は明るくふるまってるけど、本当は人と接するのが苦手で、ちょっとのことでも悩んだり、傷ついたりするような。普通に見えたのは、たぶん無理していたから」

優花が倒理を見る。

優花「御殿場さんのように自然体ではいられないタイプ」

倒理「……」

薬子「いなくなったのは、そういうのに嫌気がさしたからかも」

氷雨「本人の意思なら、まだいいんだけど」

氷雨が時計を見る

氷雨「時間だ。検証してみよう」

倒理がジッと優花を見ている。

優花はベストのボタンをまた留めていない。

倒理の瞳に映る優花のベスト――。

優花「あの、何か」

倒理「いや」

12 線路を挟んだ片方の道路（夜）

倒理と優花がいる。

倒理は携帯を手にして、

倒理「午後七時過ぎ。高橋優花が歩いていると、線路の向かい側から『優花』という声がした」

薬子（声）「優花！」

線路を挟んで反対側の道で薬子が手を振る。

隣には携帯を手にした氷雨。

距離としては、五十メートルほど。

13 線路を挟んだもう片方の道路（夜）

薬子が『今からそっち行くから』というジェスチャー。携帯を手にした氷雨ととに地下通路に入っていく。

氷雨「潮路岬はそっちに行くと合図を送り、地下通路に入った」

氷雨と薬子が地下通路に入る。

14 線路を挟んだ片方の道路（夜）

倒理「（優花に）五分ぐらい待ってる間、彼女が出てきたの、見逃したってことは？」
優花「ないです」
倒理「スマホとか見てたんだろ」
優花「それでも岬が出てくれれば気づきます。だって私、彼女を待ってたんですよ」
倒理「……だよな」

倒理が携帯に話す。

倒理「で、一向に出てこないから、様子を見に行ったと」

倒理と優花が地下通路に向かう。

15 線路下の地下通路（夜）

倒理と優花が歩いて来ると、氷雨と薬子がいる。

倒理「一本道に入った人間が出てこなかったなら、引き返したか、それとも……」

倒理が周囲を見渡す。

氷雨「倒理も感じる？」
倒理「感じるね」
優花「？……」
薬子「感じるって何を？」
倒理「ここは、ホットスポット――犯罪多発地点。『領域性』『監視性』『抵抗性』に難ありまくりの場所だ」
氷雨「噛み砕いて言うと――駅から離れて人気がなく、見通しが悪い。電車が通れば、音がかき消される。街灯の数も少ない。夜になるとさらに危険な場所になる」
薬子「……犯罪に巻き込まれた可能性が高いんで

すか」

　絶句している優花。

氷雨「とりあえず向こうの通り、防犯カメラがないか範囲を広げて調べてみるよ」

線路沿いの道（夜）

　倒理と氷雨が防犯カメラを探して歩く。
　人気が全くない。マンションや飲食店がない。だから防犯カメラもない。

氷雨「倒理、あそこ！」

倒理「――」

　小さな個人商店の店――。
　防犯カメラが外に向けて設置されている。

個人商店の店・店先（夜）

　店主の前にいる倒理と氷雨。

氷雨「外の防犯カメラ見せてもらえませんか」

　倒理は無言で穿地の名刺を置く。

店主「あれ、今来た人と――」

倒理「？……」

　奥のスペースから顔を見せる穿地と小坪。

倒理・氷雨「!?」

　穿地は自分の名刺が置かれているのを確認する。

穿地「官名詐称で現行犯逮捕」

小坪「（嬉しそうに）俺に逮捕させて下さい！」

氷雨「穿地、逮捕は少し待って。この辺り、ここしか防犯カメラがない。急いで確認したいんだ」
穿地「ここの防犯カメラはダミー」
倒理・氷雨「――」
倒理「何調べてるんだ？」
穿地「そっちこそ、何調べてる？」
倒理「そっちから話せ」
穿地「そっちから。話さないなら逮捕――」

18 外に停車した覆面車（夜）

倒理、氷雨、穿地、小坪がいる。

穿地「――つまり、その潮路岬って女子高生が行方不明ってこと？」

穿地と小坪が顔を見合わせる。

氷雨「何か理不尽なことに巻き込まれてないか、心配しているんだ」

穿地が一息ついて、

穿地「先週、例の地下通路を出た辺りで、何者かに十歳の男の子が連れ去られた。その後、解放された」
倒理「男の子？」
氷雨「犯人の動機は？」
穿地「連れ去られた後、児童の父親が働く会社の機密情報が漏れた。開発中の商品情報、転売したら相当な金になる。子供を拉致して脅した可能性が高い」
倒理・氷雨「――」
小坪「都内で同様の犯行が数件起きている。余罪があるとみて、調べてるんだ」
氷雨「組織的なグループってこと？」
小坪「特殊詐欺のノウハウを使っている。役割分担がされていて、実行役、指示役がいる」

氷雨「その事件が、僕たちの依頼とどう繋がってるの？」

穿地が小坪に頷いてみせる。

小坪が資料を見せる。

印がつけられたエリアマップだ。

いくつかの印には、赤印と青印。

そして例の地下通路は、赤印と青印がつけられている。

穿地「この印がつけられた場所は防犯カメラがない。過去一ヶ月遡って、ドライブレコーダーや交通カメラなどであたってみたら、共通する違法ナンバーの車両を捉えた」

倒理・氷雨「――」

穿地「赤印は拉致された男の子の生活圏内と一致する」

倒理「青印は――？」

穿地「この一週間ほどで再び確認が取れた場所」

倒理・氷雨「――」

穿地「要するに――同じエリアで狙っていたターゲットがもう一人いたんだ」

倒理・氷雨「――」

穿地「二人目を拉致したと思われるのは、二日前。下見を終えたんだろう。再び同じポイントで違法車両の確認が取れている」

氷雨「二日前って……潮路岬がいなくなった月曜日」

穿地「違法車両に常にいた人物がこいつ。交通カメラに映っていた。おそらく指示役。実行犯を監視する役割も担っているんだろう」

プリント画像を見せる。車に乗っている
おぼろげに映った男の顔。

倒理・氷雨「!?」

倒理と氷雨が顔を見合わせる。

穿地「どうした?」

氷雨が防犯カメラのプリント画像を置く。

スイミングクラブの裏庭の画像。そこに映る男の顔。

穿地「!……」

氷雨「似てるよね、この男と」

穿地「少なくともこの画像なら、前科履歴を当たれるかもしれない。(小坪に)すぐに調べて」

小坪「はい——(とその場を離れる)」

氷雨「潮路岬がルームメイトに送ったメッセージは、犯人が装ったもの。事が終わるまで、表沙汰にさせないために」

倒理「でも妙だろ。前々から狙ってたんなら、例のスイミングクラブの裏庭での接点、あれどういう意味なんだ」

氷雨「潮路岬は、何を聞いたのか」

倒理が巻き毛に触れる。

氷雨は眼鏡を押し上げる。

倒理「謎がてんこもり」

穿地「もし彼女が拉致されたとしたら——発生から四十八時間後には、生存率は五十%を切る。それ以降は……」

氷雨「すでに五十時間経っている」

19 鬱蒼とした森 (夜)

一人の少女が必死に逃げる。
ぬかるんだ泥に足を取られる。顔は泥にまみれ、判別ができない。
必死に逃げる少女。
後ろを振り返るが誰もいない。
一息ついて、顔の泥を拭おうとする。
誰かが飛びかかってきて――。
少女の悲鳴――暗転。

倒理（声）「探偵を始めて六年。こういうの、初めてだ」

20 外に停車した覆面車（夜）

倒理「今この瞬間にも謎を解かないと――人が死ぬ」

倒理と氷雨――。

第5話

KNOCKIN'ON LOCKED DOOR

1

春望大学・社会学部・天川教授の部屋（夜）

天川が帰宅しようとする。
扉をノックする音。
時刻を見ると、二十一時半——。

天川「……」
扉が開いて——誰かが入って来る。倒理と穿地だ。

穿地「遅くにすみません」

倒理「教授に相談したいことが（あるんです）」
天川は鞄などを置きながら、

天川「拉致誘拐事件の類いか。私で力になれるといいが」

倒理・穿地「!……」

穿地「どうしてそう思われたんですか」

天川「こんな時間に、ノックの返事も待たず、刑事と探偵の組み合わせで訪ねてきた。穿地君が最初から協力要請した事件なら、片無君に、もう一人刑事もいるはず。予想外のことが起きたということだろう」

×　×　×

インサート——第4話・シーン2。

氷雨「で、その探して欲しい友達の名前は?」

優花「潮路岬って子です」

×　×　×

インサート——第4話・シーン4。

優花「新池谷の線路の下に地下通路があるんです。その傍を歩いていたら、『優花』って声がして——」

×　×　×

イメージフラッシュ――線路沿いの道。
（夜）
制服姿の優花が足を止める。
線路の向こう側の道で潮路岬（顔は見せない）が手を振っている。
優花（声）「岬が線路の向こう側の道で手を振っていました。それで『今からそっち行くから』みたいなジェスチャーをして、地下通路に入っていったんです」
優花側の目線――岬（顔は見せない）が地下通路に入っていく。
優花（声）「でも、五分ぐらい経っても出てこなくて。変だなって思って入ってみたら……」
地下通路に入る優花、そこには誰もいない。

×　　×　　×

優花「――岬が消えていたんです」

×　　×　　×

優花「……私、怖いんです。もしかして岬――本当に消えちゃったんじゃないかって」
天川（声）「仮説として、まず探偵事務所に、人探しの依頼が来たとする」

×　　×　　×

インサート――第4話・シーン11。
氷雨「本人の意思なら、まだいいんだけど」

×　　×　　×

インサート――第4話・シーン15。
倒理「ここは、ホットスポット――犯罪多発地点。『領域性』『監視性』『抵抗性』に難ありまくりの場所だ」

×　×　×

薬子「……犯罪に巻き込まれた可能性が高いんですか」

絶句している優花。

天川（声）「本人の意思か、それとも事件なのか——判別がつかない。だから警察ではなく、探偵に依頼がきた」

×　×　×

インサート——第4話・シーン17。

倒理と氷雨が穿地と小坪に出くわす。

倒理「何調べてるんだ？」

穿地「そっちこそ、何調べてる？」

×　×　×

インサート——第4話・シーン18。

氷雨「組織的なグループってこと？」

×　×　×

穿地「違法車両に常にいた人物がこいつ。交通カメラに映っていた」

プリント画像を見せる。車に乗っているおぼろげに映った男の顔。

倒理・氷雨「!?」

×　×　×

氷雨が防犯カメラのプリント画像を置く。

スイミングクラブの裏庭の画像。そこに映る男の顔。

穿地「!……」

氷雨「似てるよね、この男と」

天川（声）「——調査していると、穿地君が調べてる事件と繋がった。そして一気に事件性が疑われた」

×　×　×

穿地「もし彼女が拉致されたとしたら――発生から四十八時間後には、生存率は五十％を切る。それ以降は……」

氷雨「すでに五十時間経っている」

×　×　×

インサート――第４話・シーン19。

一息ついて、顔の泥を拭おうとする少女。

誰かが飛びかかってきて――。

少女の悲鳴――暗転。

倒理（声）「探偵を始めて六年。こういうの、初めてだ」

×　×　×

インサート――第４話・シーン20。

倒理「今この瞬間にも謎を解かないと――人が死ぬ」

天川（声）「解決まで一刻を争う事件――」

×　×　×

天川「――すでに起きた事件ではなく現在も進行中。それに生存率に関わるとなると、拉致誘拐。仮説はこの結論からの推論だ」

倒理「お借りします、その頭脳」

天川が微笑む。

穿地「事件の詳細を――」

2 とある自宅付近に停車した覆面車（夜）

とある家から氷雨が出てきて、車に乗り込む。

車内には小坪がいる。

氷雨「潮路岬の両親から話を聞けました」

小坪「警察が動いてること、悟られなかった？」

氷雨「（頷いて）中学の同窓会に誘ったけど、返事がないって流れで聞いたので」

小坪「いやいや、高校生設定ってさすがに無理が——（氷雨を見て）ないか」

　氷雨がとある家の方を見ながら、

氷雨「潮路岬と両親は、二、三日おきにメッセージを交わす習慣があったそうです。昨日も『元気？』『うん』程度の短いやりとりをメールアプリで。おかげで娘が都内で消えたことすら気づいていない」

小坪「犯人が本人を装ってるんだろうな」

氷雨「それと犯人が強請（ゆす）っているのは、両親じゃない」

　氷雨が眼鏡を押し上げる。

氷雨「とにかく今、携帯の電源は切られていても、入った瞬間があったのは間違いない。過去の電波記録を辿って下さい」

春望大学・社会学部・天川教授の部屋（夜）

　倒理と穿地、天川がいる。

　天川が資料を見ている。

　防犯カメラがない場所のエリアマップ。

　違法車両を捉えた地点など。

　そして防犯カメラに映った男のプリント画像——。

　倒理が思案して、

倒理「消えた女子高生と犯罪多発地点を利用した犯罪者」

穿地「顔写真から、前科履歴をあたってますが、今のところヒットしてません」
天川「逆を疑ってみたらどうかな」
穿地「逆？」
天川「犯罪を起こす機会を狙う者——だから防犯カメラのある位置を詳細に調べている。逆もしかりだろう」

　倒理と穿地がアッとなる。

倒理「犯罪を防ぐ側にいる人物——」
穿地「まさか、警察関係者……？」
倒理「いや違う。同じエリアで続けざまに拉致はしない——そう警察は考えてると高を括ってるんだ。だから同じ違法車両を使ってる。つまり穿地たちの動きに気づいていない」
穿地「他に考えられるのは——」
倒理「わかった、こいつが何者か」

○タイトル

地下施設（日替わり・翌朝）

　穿地、小坪、捜査員たちが踏み込む。
　映像に映っていた男・真鍋俊樹——。
　他数名の男性。

穿地「警察だ。未成年者略取誘拐の容疑で——」

　真鍋、男たちが逃げ出す。
　各々格闘になる。
　真鍋の前に、穿地が立ちはだかる。
　真鍋が襲いかかる。
　穿地は柔道技で大外刈り！

穿地「八時八分、確保！」

穿地は小坪に身柄を預けて、急いで室内を捜索――。
目隠しされ拉致されていた少女がいる。

穿地「警察です。もう大丈夫」

目隠しされた少女（顔は見せない）の顔を見る穿地の目線――。

穿地「！……」

5 探偵事務所『ノッキンオン・ロックドドア』・中

倒理と氷雨のもとに穿地が訪ねて来ている。

穿地「拉致されていたのは峰白（みねしろ）高校に通う沢田（さわだ）葵（あおい）、十七歳」

倒理・氷雨「!?」

氷雨「潮路岬じゃない……？」

倒理「……」

穿地「犯人の方は推理通り」

真鍋の資料を置く穿地。

穿地「大手警備会社『エニタイムセキュリティ』に勤務する真鍋俊樹――犯罪グループの指示役兼監視役だった」

倒理・氷雨「……」

穿地「少女を拉致し、彼女の親族の会社の機密情報を狙ってた。両親は脅されて、届けを出せずにいた」

倒理「こいつ、潮路岬のことは？」

穿地「何も知らない」

氷雨「二つの事件の接点は、この一瞬、しかも偶然ってこと？」

防犯カメラに映る岬、その岬を見ている

真鍋――。

穿地「真鍋は拉致の実行役に防犯カメラがない場所を伝えていた。いくつかの候補のうち、一つが例の地下通路付近だった」

× × ×

フラッシュ――裏庭に続く階段付近。

(夕)

真鍋が数名の男たちに写真を見せて告げる。

真鍋「新池谷一丁目の高架下、新池谷三丁目の路地、新池谷五丁目の地下通路。この辺りには防犯カメラが一切ない。大丈夫。前もうまくいった。これで君たちが借りた金は――」

階段を上がった先に誰かいる。

真鍋が駆け上がると、潮路岬がいる。

耳にはイヤホンをつけていて――。

× × ×

穿地「実際、彼らが沢田葵を拉致したのは、例の地下通路じゃなく、新池谷三丁目の路地――」

倒理・氷雨「――」

穿地「つまり、事件を起こそうとしていた犯罪者。その会話の一部分を偶然耳にして、防犯カメラのない場所で消えることを思いついた少女ってことになる」

倒理・氷雨「――」

穿地「ちなみに、潮路岬が携帯の電源を入れたときのGPSを調べたら、都内のホテルを転々としていた」

倒理が巻き毛に触れる。

氷雨は眼鏡を押し上げる。

穿地「思いがけない手がかりで、やっかいな宿題が解決したよ」
氷雨「こっちは振り出しに戻った。ていうか穿地、警視総監賞ものじゃないの」
穿地がにんまり。
倒理「お前の出世に加担したんだから、謝礼弾めよ」
穿地「謝礼はこれ――」
穿地がメモリーカードを取り出して置く。
穿地「確かに例の地下通路周辺には防犯カメラがない。ただ、潮路岬の行方がわからなくなったとき、近くに停車していた宅配業者のドライブレコーダーの映像を入手した」
氷雨がそれをタブレットで見る。

午後七時十分。フレームの隅には地下通路に入る坂道が映っていた。
潮路岬が現れる。
倒理・氷雨「――」

× × ×

フラッシュ――第4話・シーン4。
優花「制服にリュック背負ってて……あとスポーツバッグみたいなの肩にかけてました」

× × ×

氷雨「潮路岬だ――」
ショートヘアに赤いネクタイ。リュックとスポーツバッグが確認できる。
岬は地下通路に入っていく。
時間が過ぎていく。
早送りしてみたが、それらしき人物は現

れなかった。

倒理と氷雨が顔を見合わせる。

氷雨「一体、これは……」

倒理「地下通路に入っていったのは間違いない。でも引き返して出てきていない」

穿地「潮路岬は本当に消えたんだよ」

倒理が笑い出す。

倒理「最高の謝礼だな、不可能という名の！」

氷雨「それに防犯カメラがない場所で何故消えたのか——不可解」

穿地「片付けろ、お前らも宿題」

穿地が立ち上がり、出て行く。

倒理「思っていた以上に面白い事件——」

氷雨「しかも不可能と不可解のセット」

6 線路下の地下通路 (夕)

倒理が携帯を手に歩いて来る。

倒理「現時点で一つだけ確実なのは、消えたのは本人の意思ってことだ」

7 鷺沢女子寮・窓～室内 (夕)

携帯を手にした氷雨が室内に忍び込む。

真琴が招き入れたのだ。

氷雨「こっちは今、寮に潜入したよ」

真琴「何か探偵みたい」

氷雨「探偵です！」

真琴「先輩怒るだろうな。勝手に部屋見せたら」

氷雨「その先輩を見つけるためです」

ベッドや机やクローゼットは二つずつ。

左右対称に配置されている。
クローゼットを開ける氷雨。
空のハンガーが多い。

氷雨「空のハンガーが多い」

8 線路下の地下通路（夕）

携帯を手にしている倒理。

氷雨（声）「パソコンや携帯の充電器もない」

9 鷺沢女子寮・室内（夕）

以下、適度にカットバック――。
部屋には風呂と洗面所がついていて、氷雨がそこに入る。
洗面台の棚。岬が使用していた右側を調べる。
ワンデーコンタクトの箱、上段に空きが多い。
化粧品もない。

氷雨「ワンデーコンタクトも減ってる。化粧品の類いも見当たらない」

倒理「ルームメイトに聞きたいことがある――」

氷雨が真琴に『相方が聞きたいことがあるって』と言いながら、スピーカーホンにする。

倒理「潮路岬は月曜の朝、荷造りしてたか？」

真琴「どうだったかなあ。朝の用意なんてお互い気にしないから……あっ」

氷雨「何か思い出した？」

真琴「潮路先輩って基本コンタクトで、予備で眼鏡を持ち歩いてたんです」

倒理「……」

真琴「でも月曜日学校から帰ってきたら、その眼鏡が机に置きっぱなしだった。それが夜に食堂でご飯食べて戻って来たら、なくなってたんです」

倒理「何時ごろの話だ？」

真琴「七時半頃です」

倒理「……」

氷雨「倒理、寮から地下通路まで歩いてどれぐらいかかるか調べて、合流するよ」

電話を切る氷雨。

真琴「あの。明日も戻ってこなかったら、私みんなに言おうと思うんですけど」

氷雨「そうしてください」

真琴「ただ、ほんと言うと、帰ってこないのちょっと嬉しいんです。一人で部屋使えるから」

氷雨「……」

10 線路を挟んだ道（夕～夜）

近くに停車した車──。

運転席に氷雨、助手席に倒理がいる。

タブレットで潮路岬の行動を時系列にしたものを氷雨が読み上げる。

氷雨「十八時三十分。潮路岬は──」

× × ×

インサート──第4話・シーン10。

岬は近くの階段下に近づく。ジッとしている岬。

慌ててイヤホンを取り出し、耳に差し込む岬。

ある男が階段を駆け上がる。

氷雨（声）「――スイミングスクールの裏庭で、偶然にも防犯カメラがない場所を聞いた」

×　×　×

フラッシュ――第4話・シーン4。

制服姿の優花が足を止める。

線路の向こう側の道で潮路岬（顔は見せない）が手を振っている。優花側の目線――岬（顔は見せない）が地下通路に入っていく。

地下通路に入る優花、そこには誰もいない。

氷雨（声）「十九時過ぎ。地下通路付近で高橋優花と会ったのを最後に姿を消した」

×　×　×

フラッシュ――第5話・シーン9。

机の上には眼鏡がない。

氷雨（声）「そして十九時半。寮にあったはずの潮路岬の眼鏡がなくなっていた」

×　×　×

氷雨「ここから寮まで歩いて十分。地理的にも時間的にも、彼女が荷物を取りに戻り、姿を消した――それなら辻褄（つじつま）が合う。地下通路の中で消えたってのを除けば――」

氷雨が思案する――。

車内に水泳ゴーグルがある。

倒理「……」

×　×　×

フラッシュ――第4話・シーン9。

主婦「月曜日、潮路さんが忘れたんです」

×　×　×

倒理がそれをかけてみる。

倒理「――」

ゴーグルを外す。

倒理の瞳に映るゴーグル――。

×　×　×

フラッシュ――第4話・シーン7。

女子高生B「コンタクト、ワンデーに変えたら痛いって言ってた」

×　×　×

女子高生A「メイクと加工はうまかったよ」

×　×　×

フラッシュ――第4話・シーン11。

眼鏡をかけている優花。

スカートは膝丈、ハイソックスはピンと伸びている

だが制服のベストのボタンを留めていない。

×　×　×

倒理が車内の時刻を見る。十八時半――。

倒理「氷雨、こっち向いてみろ」

氷雨「ん？」

倒理が氷雨の眼鏡を奪い取る。

氷雨「!?」

倒理「しばらく、ここから動くな」

氷雨「は？」

倒理が眼鏡を持ったまま車から出て、立ち去る。

氷雨「ちょっと倒理――!」

倒理がどこかに消える。

倒理がゴーグルを渡して、

倒理「かけてみろ、これ」

氷雨がかけてみる。

氷雨「あっ。まさか——」

倒理「まさに、それ。でもあいつ、何でこんなことやったんだ？」

氷雨が思案顔で、ネクタイを緩める。

氷雨「そういうことか……」

倒理「解けたのか、動機」

氷雨「もちろん。僕たちに解けない謎はないでしょ」

倒理から眼鏡を渡されて氷雨がかけ直す。

走り出す車。

線路の反対側から、声が聞こえる。

×　×　×

氷雨が時計を見る。十九時過ぎ——。

氷雨「眼鏡ないと、車の運転できないし……」

氷雨の携帯が震える。『倒理』からだ。

氷雨「（携帯に出て）もしかして、トリックが解けた？」

倒理（声）「答えは線路の反対側——手を振ってる俺が見えるか」

氷雨の目線——線路の反対側（手を振っている相手を見せない）を見る。

氷雨「手を振っている人は見えるけど……はっきり見えないよ」

車内に倒理が入って来て、

倒理「そう、見える訳ないんだ」

氷雨「！……」

それは――小坪だ。

小坪「おい！　ここで手を振れって本当に穿地さんの指示か？　おい、どこ行くんだよ、いつまで手振るんだよ!!　おーい!!」

11 探偵事務所『ノッキンオン・ロックドドア』・中（日替わり・翌日）

倒理と氷雨の前に優花がいる。

倒理「潮路岬を見つけた――」
優花「ほ、ほんとですか！　無事なんですか、岬」
氷雨「無事だよ。ぴんぴんしてる」
優花「それで、どこに」
倒理「俺たちの目の前」

スッと感情が消え失せる優花。

倒理「思いっきり遠回りして、やっとつかまえたぞ、潮路岬」
優花「……」

氷雨がゴーグルを置く。

氷雨「これ返すよ」
倒理「度が入ってるな。潮路岬はだいぶ目が悪かった。普段はコンタクト派で、泳ぐときはこれをつけていた」
優花「……」
倒理「で、プールから出たあともコンタクトをつけていなかった。ワンデーは使い捨てだから、一度外したら使えない。月曜日の帰りはいつも眼鏡をかけていたんだろう。でもあの日は寮に忘れていた」
優花「……」
倒理「裸眼だったなら、ある矛盾が生じる。高橋優花はこう言っていた――」

×　×　×

フラッシュ――第4話・シーン4。

優花「新池谷の線路の下に地下通路があるんです。その傍を歩いていたら、『優花』って声がして――岬が線路の向こう側の道で手を振っていました」

×　×　×

倒理「状況的に考えて、潮路岬が裸眼で歩いてたときだ。いいか？　その状態で日が暮れた中、目の悪い人間が五十メートル先にいる知人を見つけて自分から声をかける――なんてことは不可能だ」

×　×　×

イメージフラッシュ――第4話・シーン4。

制服姿の優花が足を止める。

線路の向こう側の道で潮路岬（顔は見せない）が手を振っている。

倒理（声）「――つまり高橋優花の話は嘘だ」

×　×　×

倒理「そこで、嘘をついた君について考えてみた」

優花「……」

倒理「制服を着ているのに鞄やリュックを持っていない。初めて会ったときからずっと。スカートやソックスはきっちりしてるのに、ベストだけボタンを外している」

優花「……」

倒理「君は分厚い眼鏡をかけていて、潮路岬と同じく目が悪い。そして、彼女はメイクが得意だった」

優花「……」

倒理「裏付けは電話一本で済んだ。ミゲル女学院に高橋優花って名前の生徒はいないってさ」

ウイッグを外す優花こと岬。

倒理「制服、フリマアプリだな。ただベストだけサイズが合うのがなかったんだろ」

岬「ごめんなさい！　いたずらとか、そんなつもりじゃなかったんです。ただ、私……」

氷雨「動機のほうも見当ついてるよ」

岬「え……」

氷雨「探偵に自分の捜索を依頼する――前々から考えていたんでしょ」

岬「……」

氷雨「でも友人と連絡が取れないだけじゃ、しばらく様子を見ましょうと言われかねない。切実性に欠ける。実際、僕たちもそう言った」

×　×　×

フラッシュ――第4話・シーン4。

倒理「二日連絡がとれないから、友達を探してくれ？　しばらく様子を見るのが一番」

×　×　×

氷雨「事件があったように匂わせたかった。でも匂わせすぎると、警察が動いてしまう。丁度いい塩梅（あんばい）が必要――」

防犯カメラのプリント画像を置く。

スイミングクラブの裏庭で岬が写っている。

氷雨「そこで、偶然にも君はある情報を手に入れた」

岬「――」

氷雨「例の地下通路付近には防犯カメラがないを」

岬「——」

氷雨「友人が消えてしまったと証言する。調べてみると防犯カメラがない。何が起きたか判別がつかない」

岬「……」

氷雨「これなら警察は動かず探偵に依頼し、目的を果たすことができると考えた」

岬「……」

氷雨「その目的は、潮路岬について詳しく周囲に話を聞いてもらうこと」

岬「……」

氷雨「自分が人からどう見られているか知りたかったんじゃないですか。周りの人間の正直な評価を」

黙っていた岬が言葉を発する。

岬「ときどき、すごく不安になるんです……。学校で話しているときとか、寮でごはん食べてるときとか。みんなの輪の中に入ってるつもりなのに、誰も私を見てないみたいな。自分が、消えちゃったみたいな気持ちになって。怖くてたまらなくて、どうしても本当のことが知りたくて、計画を立てました……」

倒理・氷雨「……」

岬「最初は少し、期待してました。いい評判も悪い評判も、いっぱい聞けるんじゃないかって。でも……」

× × ×

フラッシュ——第4話・シーン7。

女子高生Ａ「どんなって……普通だよねえ」

×　×　×

教師「どこにでもいる普通の子」

×　×　×

フラッシュ──第4話・シーン8。

真琴「普通ですよ、潮路先輩」

×　×　×

フラッシュ──第4話・シーン9。

八島「潮路さん？　普通の子ですよ」

『普通よねえ』『普通、普通』と主婦の面々。

×　×　×

岬「誰の印象にも残らない。普通としかいいようがないですよ、私って」

倒理・氷雨「……」

岬「……私に興味のある人なんて誰もいない」

岬が俯いて、

岬「きっと私はこれからも、普通の人として生きていくんだと思います」

倒理「たかが十七年で見切るのか」

岬「え……」

倒理「君の突飛な依頼の裏で何が起きていたと思う？」

岬「はい？」

倒理「君と同じ歳の少女が本当に犯罪に巻き込まれた」

岬がぽかんとなる。

倒理「ぽかん、だよな。君の依頼から、思わぬ解決の糸口が見えた。人生は何が起きるかわからない。予測なんてできない。どうしてかって？」

倒理が岬を見つめて、

倒理「状況によって、人は誰しも様々な役割を求められる。いじられ役、マスコット役、数合わせ——。自ら演じたりもする。でもそれがその人間の全てじゃない。決めつけることなんてできない。人そのものがカテゴライズできない生き物なんだよ」

岬「——」

倒理「本当の自分なんてのは、気づいてくれる人間が少なければ少ない方がいい」

岬「——」

倒理「前に君は俺のことを自然体だと言った。でもこう見えて、人の目を気にする」

倒理がタートルネックの首の辺りに触れる。

倒理「そしてそのことを知るのはごく少数だ」

氷雨「……」

黙り込む岬。

氷雨「最後に僕らから見た潮路岬さんの評価です」

岬「え……」

氷雨「まずは薬子ちゃんからの伝言。潮路さんは臆病で、繊細でそのくせひどく大胆。だからとても面白い」

岬「——」

氷雨「もっと話がしたい。（メモを渡して）連絡先です」

岬「……」

氷雨「僕の評価は——君は礼儀正しくて嘘がうまい。頭が切れる。そして変装の達人」

岬「……」

倒理「普通と言われる君は、俺たちにとっては普通じゃない。ものすごく迷惑でものすごく変な奴。俺たちは一生忘れないだろうな」

岬が泣き笑いのような顔になって――。

12 同・台所（夜）

倒理が料理を作っている。

傍で氷雨がタブレットでホームページを見ている。

倒理「変な依頼だったな」

ホームページの依頼人の声の欄。『S・M』の表記――。

書き込みの文章に岬の声が被って――。

岬（声）「私も二人の探偵のこと一生忘れない。迷惑かけたけど、依頼して良かった」

氷雨が微笑む。

倒理「もし俺が突然いなくなって、探偵が普段の俺について尋ねたら、なんて答える？」

氷雨「なんで他の探偵が出てくるんだよ。倒理がいなくなったら、僕が君を追いかけるよ」

倒理「……そういや、そうだな。じゃあ、お前がいなくなったら（俺が――）」

氷雨「追いかけないで」

倒理「――」

倒理と氷雨の視線が交錯。

倒理が氷雨から視線を逸らす。

氷雨「……」

倒理「……」

KNOCKIN'ON LOCKED DOOR

大学時代の倒理のアパート・中 (6年前)

倒理(22)が驚いて、後ずさる。

何者かにナイフで首を切りつけられたのだ。

倒理が自分の首をおさえる。

手の裏から溢(あふ)れる血。

×　　×　　×

膝から崩れ落ちる倒理――。
倒理の意識が途絶えかけて――暗転。

2

探偵事務所『ノッキンオン・ロックドドア』・中

粗大ゴミシールが貼られた電子キーボード。

ヘッドホンをつけた倒理が激しい勢いで弾いている。

ヘッドホンの差し込みを抜く誰か。

爆音が響き渡る。電源も切る――薬子。

倒理が睨みつけて凄む。

薬子は怯(ひる)むことなく、ニコッと笑って――。


薬子「これ、どう思います?」

携帯のメールを見せる。

『埋蔵金を掘り当てました。100億円を山分けします。この幸せ分かち合いたいんです。早い者勝ち。急いで下さい』

――という詐欺メール。

薬子「騙(だま)されるはずないって、わかんないもんですかね」

倒理「ポンコツ」

薬子「え……」

倒理「死ぬほど荒んだ俺の気持ち、わかってますよ的にニコッと笑ってみせることはできても、小学生レベルの推理さえできない」

倒理が速射砲のように告げる。

倒理「詐欺だと気づけ、それでも騙されろ——二つの意味を混在させてんだよ。騙す相手にとって最悪なのは何だ？　時間をかけて最後の最後に逃げられることだ。だから正常な判断能力のある奴は、さっさと気づけ。同時にこの程度でひっかかるなら確実に騙せる。そんな奴らは返信しろ。つまり『詐欺の効率化』だ。貸せ」

薬子「——」

倒理「答え合わせだ」

倒理が携帯を奪って、返信しようとする。

薬子「正解、正解ですから」

慌てて携帯を奪い返す薬子。

訪ねて来ていた穿地が顔を見せる。

穿地「まだ？　お腹減った」

倒理「うちは定食屋じゃないって言ってんだろ！」

穿地「ただ飯の約束はまだ続いている」

倒理「ああ、そうかそうか。なら食わせてやるよ！　消費期限が切れた食材出しておけ」

穿地と薬子が顔を見合わせる。

穿地「相当きてるな」

薬子「相当きてます」

薬子が携帯で『氷雨』に連絡する。

薬子「氷雨さん、倒理さんが壊れちゃってるんですけど」

高級料理店

氷雨が一人でいる。
氷雨はイヤホンをつけて、小声で話す。

氷雨「最近、ずっと不倫調査ばっかりだからね」
氷雨が少し離れた席を見る。
親密そうな年配の男性と若い女性——。

氷雨「だからって、避暑地の別荘にいる間、夫を見張っててくれっていう今の依頼——」

探偵事務所『ノッキンオン・ロックドドア』・中

以下、適度にカットバック——。

氷雨「（愚痴って）——倒理はたった一日で音を上げて、僕がずっと張り込みを（やってるんだよ）」
ノックの音。

薬子「あ、誰か来た……」
薬子がスマホをスピーカーにして、聞かせる。
トントン、トントン、トトントトン。
トントン、トントン、トトントトン。

氷雨「こんな太鼓みたいなノック……神保」

薬子「神保さんですね」
倒理が舌打ちを連発——。
ドアが開いて神保が入って来る。

神保「どうも。飯時になると自然と足が向く。餌付けされちゃったのかなぁ。あ、穿地さん、どうもどうも」

倒理「碌な依頼持ってこない出来損ないの疫病神——！　頭が腐る！」
途端、テンションが変わり、倒理が虚空

を見つめて、

倒理「頼むよ、心が躍る謎持って来てくれよ。誰にも解けない謎——頼むよ」

薬子「（思案して）——」

穿地と神保が裏で話をして——。

穿地「……一種の依存症だな」

神保「ええ、感情の起伏が激しい。禁断症状が出てますね」

虚空を見つめる倒理に対して薬子が切り出す——。

薬子「——『十円玉が少なすぎる。あと五枚は必要だ』——」

穿地・神保「？………」

倒理「——」

料理店にいる氷雨も反応する。

薬子「今朝学校に行くとき、スマホで話している男の人とすれ違って——」

× × ×

フラッシュ——通り。（朝）

登校する薬子が携帯で話している男性（佐々木亘（ささきわたる）、32）とすれ違う。

佐々木「十円玉が少なすぎる。あと五枚は必要だ」

薬子（声）「——電話の相手にそう言っているのが聞こえたんです」

× × ×

薬子「大の大人が十円玉の話なんて、ちょっと変わってるじゃないですか。その人、何をしようとしてたのかひっかかって」

倒理「どんな感じの男だ？」

× × ×

フラッシュ——通り。（朝）
薬子が一瞬、男性を見る。
スーツ姿。ネクタイは時計柄だ。

薬子（声）「三十代ぐらいの会社員って感じ。スーツを着て、あ、ネクタイが時計柄で、ちょっとおしゃれでした」

×　×　×

薬子「手がかり少なすぎます？」

倒理「充分だ。むしろ少ない方がいい」
倒理が満面の笑顔になる。

穿地「スイッチが入ったな」

神保「さすが薬子ちゃん、扱い慣れてる」

倒理「氷雨、喜べ。退屈がしのげるぞ」

氷雨「そんなことよりこっちの張り込みを（手伝ってよ）」

倒理「興味惹かれるのは？」

氷雨「（眼鏡を押し上げ）……十円玉」

倒理「（フッと笑って）どういう意味か、読み解いてやろうぜ」
氷雨の顔にもやる気が出る。

倒理「俺たちに解けない謎はない——」

○**タイトル**

5

探偵事務所『ノッキンオン・ロックドドア』・中

料理が並んでいる。
倒理、穿地、薬子、神保がいる。
穿地は黙々と食べる。

倒理「第一に、そいつは『すごく』十円玉を欲しがってる」

テーブルに十円玉を何枚も並べる倒理。

倒理「だから『必要』なんて硬い表現を使った」

薬子「買いたいものがあって、小銭が足りないとか？」

神保「買い物じゃないと思うな」

薬子「どうしてです？」

神保「『あと五枚は』って部分。もし買いたいものがあって、あと五十円分小銭が足りないなら、『五十円玉が必要だ』って言うでしょ。でも男は『十円玉が五枚必要』と言ってる」

薬子「もしかして神保さん、推理得意だったりします？」

倒理「こいつは元探偵だ」

薬子「え……」

神保「斜陽産業だから辞めたんだよねえ」

倒理「陰りが見えたのは、推理力の方だろ」

神保「言いますねえ」

穿地「うん、これいける」

神保「会話に入る気ゼロですね、穿地さん」

穿地「私はキャリアに繋がらない謎解きはやらない」

神保「じゃあ、僕がこの謎、解いちゃおうかな。答えは『コレクション』あるいは『アート』」

×　　×　　×

イメージフラッシュ――。

収集家風の神保が様々なコインを集めている。

また傍には五円玉アート――。

神保（声）「レアものを集めたり、五円玉アートみたいな作品を作ってる」

神保「もしくは『お釣り』」

×　×　×

イメージフラッシュ――。

オタクっぽい神保が小銭を用意している。

穿地（声）「コミケみたいなイベントに出る予定で、釣り銭用に十円玉がたくさん必要だったのかもしれない」

×　×　×

倒理「所詮その程度の推理力か」
神保「え……」
倒理「レアもの探し、アート、もしくは釣り銭なんかは最低二十から三十枚集めないと話にならない。でも男は『十円玉が少なすぎる』って言っていた。それはどういう意味だ？」
神保「……ぜんぜん足りない」
倒理「ならまず、男は十円玉が何枚必要だったかを推理するんだよ」

倒理がロジカルに告げる。

倒理「例えば――トータル五十枚程度の十円玉が必要だったとする。いま四十五枚集まってて、あと五枚足りない場合、『少なすぎる』って言い回し使うか？」
神保「……使わない」
倒理「だろ。その場合、『十円玉が少ない』とか『ちょっと足りない』とか言うはずだ。『少なすぎる』って言い回しを使うなら、十円玉が目標数の半分以下、あるいは三分の二程度しか集まっていない場合に限る。とするとだ、そいつが欲しがってる十円玉は十から十五枚程度ってことになる」

傍にある薬子の携帯から小さな声――。

氷雨（声）「決めつけるのはどうかな」

ビクッとなる一同。

薬子「あ、氷雨さんにも聞かせてあげようと、スピーカーにしてたんだった」

神保「びっくりした、存在忘れてたから」

穿地「この冷やしだご汁最高」

倒理「存在感ゼロのお前の発言、穿地は聞いてさえいないぞ」

氷雨（声）「穿地は最初からでしょ。とにかく前提条件が間違ってるとマズいでしょ」

穿地「前提条件が間違って……え、何？　存在感がない上にボソボソ言って、聞き取れないし」

6 高級料理店

氷雨「だからマズいって言ってるの！」

目の前にいた店員がビクッとなる。

店員「……申し訳ございません。お口に合いませんでしたか」

氷雨「あ、いや……そんなことは……すみません」

マークしている男女も氷雨を見る。

氷雨が一息ついて、小声で告げる。

氷雨「男が大げさな性格で、つい『少なすぎる』と言った可能性もあるでしょ」

倒理（声）「情報が少ないときは、イレギュラーな考えは後回し。男の使った日本語は正しかったと仮定すべきだ」

氷雨「わかったよ。男が必要としている十円玉の枚数は最大で十五枚程度」

探偵事務所『ノッキンオン・ロックドドア』・中

倒理がテーブルに十円玉を十五枚並べる。

倒理「で、買い物以外の目的——」
薬子「パッとは思いつかない」
倒理「俺は思いついてる。仮に十円玉が十五枚必要だとする。百円玉と五十円玉一枚でも同じ値段だ。でも全て十円玉の場合——」
神保「分割が可能」
倒理「感覚戻ってきたんじゃないか」
穿地「この漬け物もうまいな」
倒理「もう黙って食え」
薬子「でも待って下さい。分配って、大人がそんな細かいお金を分け合う機会、あります？」
倒理「ある。例えば——飲み会の差額」

× × ×

イメージフラッシュ——。
生真面目そうな倒理がレシートを見る。
そして十円玉を数えている。

倒理（声）「男は前日、何人かで居酒屋に行った。割り勘で金を出し合ったら百五十円お釣りが返ってきた。律儀な男は翌日、お釣りを十円玉に両替して、参加者に戻そうとした」

× × ×

薬子「あっ、それが正解かも」
神保「さすが現役」
倒理「どうだ氷雨、グウの音も出まい」

8　高級料理店

氷雨がマークしている男女を見つつ話す。

氷雨「君は大切なことを見逃してる——」

探偵事務所『ノッキンオン・ロックドドア』・中

以下、適度にカットバック——。

倒理「は？」

氷雨「男は十円玉が『あと五枚必要』ではなく、『あと五枚〈は〉必要』と言ってる。これは明らかに、必要な数が確定していないってこと。十五枚程度必要なのかもしれない。でもぴったりじゃなくてもいい。どう、異論ある？」

倒理「……ない」

氷雨「飲み会は過去に起こったことだし、参加人数もはっきりしてる。だとすると、お釣りの還元は理屈に合わない」

倒理「……たまたま『五枚は』って言ったんじゃないか？」

氷雨「男が使った日本語は正しいってのが前提条件でしょ」

倒理「……じゃあ、お前の推理は？」

氷雨が眼鏡を押し上げて、

氷雨「お賽銭」

倒理・薬子・神保「——」

黙々と食べる穿地。

×　×　×

イメージフラッシュ——。

定年退職した年配風の氷雨が神社の様々

な資料を見ている。

氷雨（声）「その男は神社巡りが趣味で、明日の土曜日も参拝するつもりだった。数カ所巡るなら賽銭箱に出くわす機会は、おそらく十から十五回程度。そこで事前に用意しようとした」

×　　×　　×

神保「確かに百円や五百円投げ込むのはもったいないけど、十円くらいならいくらでもいける」

薬子「氷雨さん冴えてますね！」

神保「現役の推理合戦——片無さんの勝ちかな」

倒理「……」

穿地「デザートは？」

倒理が巻き毛に触れて思案する。

穿地は勝手に台所に向かう。

氷雨「どう倒理？　グウの音も出ない？」

倒理「満足だ。九割方は」

氷雨「……残りの一割は？」

倒理「その説は十円玉である必然性がない」

氷雨「——」

倒理「賽銭に使う金なら、別に一円でも五円でもいいはずだ。なのに全部同じ硬貨でそろえるのは神経質すぎる」

氷雨「細かいな」

神保「小銭だけに」

倒理「もう一度言うが、『必要だ』という言い回しから察するに、『十円玉』をどうしても欲しがってたんだ」

穿地「おい、ないぞ」

倒理「冷凍庫だよ！　とにかくそいつの目的には、十円玉じゃないと果たせない、何らかの必然性があったと見るべきだろ」
神保「至極、正論」
　デザートを持ってきた穿地は黙々と食べる。
薬子「ちょっとまとめましょう――」
　薬子が一息ついて、
薬子「私が見た男の人は十円玉をどうしても必要としていた。しかし買い物や人と分け合うのが目的じゃない」
神保「集めていた十円玉の枚数は最大で十五枚程度。そして使い道は、他の小銭では代用不可能」
薬子「何か、だんだん難しくなってきた」
倒理「難しいってことは、真実に近づいている証拠だ」
　倒理が自身に問いかけるように、
倒理「五円や五十円じゃダメで、十円を使わなきゃできないこと……」
　ネクタイを緩める氷雨。
　倒理の瞳に映る十円玉。倒理がアッとなって――。
倒理「一つだけある」
氷雨「確かに一つだけ」
薬子「何ですか」
倒理・氷雨「(同時に)公衆電話」
薬子・神保「――」
薬子「公衆電話……って、かけるとき十円玉使うんでしたっけ?」
神保「使えるのは基本、十円玉、百円玉、テレホンカードの三種類」
倒理「最近の若い子は知らないのか」

神保「御殿場さんも、若いでしょうが」
穿地「うまっ、おかわりする」
氷雨「長電話なら百円玉を使うだろうけど、普通は十円玉。テレホンカードも今の時代、持ち歩いている人間は少ない」
倒理「いい線だ」
神保「いやいや、その説、一つ大きな問題がありますよ」
倒理「は？」
神保「その男は携帯電話を持っていた――」
倒理「――」
氷雨「――」

× × ×

フラッシュ――通り。（朝）
薬子が携帯で話す男とすれ違う。

× × ×

薬子「（落胆し）この説も違う……」
倒理「いや、諦めるのはまだ早い。確かに普通なら携帯を使う。でも普通じゃない理由があったとしたらどうだ？」
薬子「え……」
倒理「その男はどこかに電話をかけたかった。でも携帯を持っているにもかかわらず、あえて公衆電話を使った。何故か？」
穿地「身元が隠せるから」
穿地が初めて推理の会話に加わる。
倒理「食いついたな」
穿地「電話会社にも、記録されるのは、公衆電話の番号だけ。しかも防犯カメラが少ない地点の公衆電話を使えば、調べたところで誰だか特定は難しい」

倒理「つまり男は調べられることを予測してた訳だ」

穿地「一般人はそんな調査はできない。できるのは――警察。男は警察の目を欺きたがっていた」

穿地が真剣な目で告げる。

穿地「この件、犯罪の可能性がある」

薬子・神保「!……」

10 高級料理店

氷雨「――」

同時に男女の会話の一部に反応し、強い視線を送る。

11 探偵事務所『ノッキンオン・ロックドドア』・中

静まり返る一同。

薬子「犯罪って……どんな? 振り込め詐欺とか?」

神保「いや、いくらやり手の詐欺師でも、十件程度の電話で当たりは引けないだろうね」

倒理「いずれにせよ、複数の場所にかけるんだ。十五枚の数から判断するに、十カ所前後。残りは追加用のコインだったはず」

穿地「バラバラな十カ所に、一分ほどで用が済む電話を連続でかける。そしてその電話が犯罪と関係している。となると、男たちの目的は何?」

氷雨「十カ所ってことは範囲が広い。でも用件は一分で済むくらい単純。その上、連続ってことはかなり急いで虱潰し(しらみつぶ)し的な印象」

倒理「人探しってのはどうだ?」

氷雨「妥当だね。男たちは誰かを探していた──」
穿地「で、居場所として十カ所ほど候補を挙げたけど、一つに絞り込めない。そこで電話をかけることにした」
薬子「逃げる人を追っていたってこと?」
神保「いや、もし隠れ家にいきなり公衆電話から着信があったら、出ようとする?」
薬子「……絶対に出ない」
倒理「とすると、相手は自分が狙われていることに気づいていない。普通に暮らしている一般人だ」
穿地・薬子・神保「──」
倒理「そもそも男たちは、探してる人間の情報をどの程度知ってたんだろうな」
氷雨「苗字と住んでる街がわかってたら、電話帳を使えば十カ所ぐらいに絞り込めるかも」
穿地「それと声。男たちは声を知っていた──」

× × ×

イメージフラッシュ──。

犯罪者風の穿地が公衆電話で、リストアップしたメモを見て電話する。

『小田(おだ)さんのご自宅ですか』『いえ、違います』『すみません、間違えました』と電話を切って、さらにかけ直す。

穿地(声)「──だから相手の声を聞いて探している人かどうか判断しようとした」

薬子「なるほど」

× × ×

倒理「最後の問題──。男たちが探していた一般人は誰か」

神保「今朝の時点で十円玉を気にしていたなら、まず間違いなく昼間のうちに電話かけてますよね」

穿地「今日は金曜日。平日の昼間に家にいて、かつ電話に出る可能性の高い人物」

倒理「つまり――専業主婦」

氷雨「専業主婦」

穿地・薬子・神保「――」

倒理「気持ち悪いぐらいハモったところで総括だ」

× × ×

イメージフラッシュ――。

犯罪者風の倒理と穿地の前から、主婦姿の薬子が慌てて立ち去る。

倒理（声）「男たちはある主婦を探していた。その主婦本人に自覚はないが、偶然何かを目撃したのか、犯人にとって致命的なことを知っている。何としても見つけ出す必要があった」

× × ×

イメージフラッシュ――。

犯罪者風の倒理と穿地が電話帳で、苗字と住所から候補の番号をリストアップしている。

氷雨（声）「ただ苗字と住んでいる街以外わからない。そこで、リストアップした住所に片っ端から電話をかけて、炙（あぶ）り出そうとした。とはいえ個人の携帯からだと足がつく」

倒理（声）「で、公衆電話」

× × ×

イメージフラッシュ――。

通りを犯罪者風の倒理が歩く。

倒理（声）「相棒と落ち合おうとする。向かう途中、財布の中を見て、ちょっとした問題が発生した。小銭が少なすぎたんだ。そこで男は、相棒に電話をかける……」

犯罪者風の倒理が携帯を手にして、

倒理「もしもし、俺だ。ああ、もうすぐ着く。そうだ。まずは公衆電話で家を調べる。ただ――」

登校している薬子が来る。

倒理の姿が佐々木に移り変わって、

佐々木「十円玉が少なすぎる。あと五枚は必要だ」

薬子が男を一瞬見て、すれ違う。

佐々木が倒理に再び変わって――。

倒理「――お前、何枚か持ってないか？　ないなら、そこら辺の自販機で崩しておく」

×　　×　　×

倒理「――こんな感じだ」

薬子「（不安そうに）……その人たち、家を特定したんでしょうか」

倒理「もし特定したなら、やることは決まってる」

穿地「家まで行って相手が出て来るのを待ち伏せするか、中に押し入るか」

薬子「そして口封じ……」

神保「薬子ちゃんがその男を見かけたのは、今朝。もう事が起きてしまってるかも……」

沈黙の間――。

お互いに顔を見合わせる。

笑い出す一同。

倒理「いやいや、さすがにないだろ。主婦を口封じって、ドラマじゃあるまいし」

穿地「職業柄、思わず乗っかったけど、さすがにないな」

神保「ないない」

薬子「ですよねえ」

氷雨（声）「（呟いて）七年は長すぎる。手間だが一年でやれないことはない」

倒理・穿地・薬子・神保「ん？」

⑫ 高級料理店

氷雨がマークしている男女が席を立つ。

氷雨は自身に問いかけるように、

氷雨「七年は長すぎる。手間だが一年でやれないことはない」

倒理（声）「氷雨？」

氷雨「……動きがあったから、切るよ」

氷雨が携帯を切り、立ち上がって――。

⑬ 探偵事務所『ノッキンオン・ロックドドア』・中

薬子「今の謎の言葉、何？」

倒理「……」

ドアのノックの音。

ドンドン！　ドンドンドンドンドンドン！

ドンドンドン！　ドンドン！

倒理「早く開けろとノックの音が言っている。知り合い、男性……叩く音量からして、体重は八十キロ以上百キロ未満」

薬子がドアを開ける。

小坪が慌てて入って、

小坪「穿地さん、事件です――！」

穿地「――」

小坪「西野方の一軒家に何者かが押し入って、主

婦が刺されたんです。一命は取り留めましたが、
犯人が逃走」
穿地「主婦……」
倒理・薬子・神保「――」
穿地「詳しく話せ」
小坪「(一同を見て)ここで捜査情報を――?」
穿地「いいから!」
小坪「昨日の夕方、被害者は知人宅に向かう途中
――」

× × ×

イメージフラッシュ――路地裏。
女性が携帯を手にして歩いている。
『え、コンビニ傍の道曲がるんじゃない
の?』と足を止める。(＊女性は特徴のあ
る声、もしくは関西弁)
声を聞いた男たちが振り返り睨む。
揉めている現場――。
『あ、一つ先ね』と女性が慌てて逃げる。
小坪(声)「――男たちが揉めている現場に出くわ
し、相手に睨まれたので、慌てて逃げた」

× × ×

小坪「被害者自身は単なるケンカだと思ってあま
り気にしなかったようです。でもその後、路地裏
で人の血痕が見つかった」
倒理・穿地・薬子・神保「――」
小坪「さらに近くの空き家に男性の死体が隠され
ていて、DNAが一致したんです」
穿地「路地裏で殺した後、死体を隠した……」
小坪「ええ、つまりその主婦が殺しの現場を目撃
したので、口封じで……どうしたんです?」

全員が啞然となっている。

倒理「犯人は相手の居場所がどうしてわかった？」

小坪「被害者は現場にクリーニング店のポイントカードを落とした。裏には苗字が書かれている。それに支店名から最寄り駅を割り出したのか、被害者宅に不審な電話がかかってる」

一同、絶句――。

小坪「ただ公衆電話からの発信で……」

穿地「それで容疑者は？」

小坪「通りの防犯カメラには何人も映っていますが、そこから絞るとなると――」

倒理「二人の男が映ってなかったか？　一人は三十代の会社員って感じでネクタイは時計柄」

小坪「何で知ってるの？」

倒理「謎は解けてるんだ！　そいつが犯人だ！」

穿地が急いで出て行く。

小坪「え、何？　どういうこと？」

小坪も後を追って出て行く。

薬子と神保が顔を見合わせる。

薬子「だからこの事務所で働くのは面白い」

神保「同感」

倒理「お楽しみはまだ残ってる――」

薬子・神保「え……」

14 とある地下駐車場

停車した車で何かを話している男女。

少し離れた場所に停車した氷雨の車。

助手席に乗り込む倒理。

倒理「こっちも謎が生まれたんだろ」

氷雨「会話の一部が聞こえたんだよ」

巻き毛に触れる倒理。

眼鏡を押し上げる氷雨。

氷雨「特殊な状況下で死体が出てこなければ、一年でも死亡扱いになるんじゃ……」

倒理「特別失踪だな。山で遭難して、見つからない的な」

氷雨「奥さんがいる別荘、上高地だよ。北アルプスのすぐ近く」

目の前の車が走り出す。

倒理「今からかよ！」

氷雨「穿地に連絡入れる――」

倒理と氷雨が顔を見合わせる。

思わず笑う二人。

氷雨「この世界は謎で満ち溢れているね」

倒理「……」

×　×　×

フラッシュ――シーン10。

氷雨が男女の会話の一部に反応し、強い視線を送る。

男性「七年は長すぎる。手間だが一年でやれないことはない」

×　×　×

倒理「不倫関係にあるカップル。男は若い恋人に夢中。妻が邪魔……となると、七年ってのは、気になるな」

氷雨「でしょ。失踪して七年経てば、死亡扱いになる」

倒理「失踪に見せかけて殺す――これが前提条件」

氷雨「なら『手間だが一年でやれないことはない』――これはどういう意味か」

倒理がタートルネックの首に徐(おもむろ)に触れて――。

15 大学時代の倒理のアパート・中（6年前）

自分の首を押さえる倒理（22）――。
手の裏から溢れる血。

×　×　×

崩れ落ちる倒理。
電灯に紐でぶらさげた鍵。ナイフで誰かが切る。
部屋の鍵を手にして誰かが去る。
室内に一人になる倒理。
意識が途絶えかける中、血がついた手で、壁にダイイングメッセージを書いて――
暗転。

KNOCKIN'ON LOCKED DOOR

探偵事務所『ノッキンオン・ロックドドア』・中

ソファーに座っている倒理と氷雨――。

ネットに流す宣伝動画を撮影している。

薬子がスマホを向ける。傍には神保。

神保「テイク十七、よーい、アクション！」

倒理「うちの事務所のルールはシンプルだ」

氷雨「僕らは二人とも、探偵で――」

倒理「ただ、こいつは毎回助手に間違われる」

氷雨「それ、言わなくていいでしょ」

倒理「宣伝しておけ。何せ年間三桁超え」

氷雨「そこまではいってない！」

薬子が顔をしかめる。

神保が首を振って、『話進めて』と小声で指示――。

倒理と氷雨が咳払い(せきばら)して――。

倒理「ルールは、役割分担して謎を解く。不可能――トリック担当が俺」

氷雨「不可解――動機なんかを担当するのが僕です」

倒理「ダブル探偵、『ノッキンオン・ロックドドア』だ」

氷雨「変な名前ですが、気にしないで下さい」

倒理「変じゃない」

氷雨「喫茶店によく間違われるじゃない」

倒理「週一ぐらいだろ」

氷雨「それをよくって言うんだよ！」

薬子が『ばしょ。ばしょ』と小声で指示。

氷雨「あ、住所。東中野駅から南へ徒歩五分です」

倒理「早歩きでな」

氷雨「言わなくていいって！」

薬子と神保が天を仰ぐ。

倒理「これを見てる奴、密室殺人とか死体消失とか起きたら、連絡を――」

氷雨「そんな事件滅多に起きないでしょ」

倒理「身辺調査、人捜し、浮気調査なんかは他所に依頼する方がお勧めだ」

氷雨が思わず立ち上がり、

氷雨「ほぼ九割の依頼、他所に行かれたら、うちが潰（れる！）」

神保「カット！」

氷雨「……テイク十八の準備する？」

薬子と神保が顔を見合わせる。

神保「いやぁ……」

薬子「もう大丈夫です。私、編集うまいんで」

×　　×　　×

氷雨「……匙投げられてる気が」

薬子「とりあえずアップ」

スマホを操作し、動画をアップする薬子。

アップした動画を見る一同。

氷雨の携帯が震えて、少し席を外す。

倒理「こんなの効果あるのかよ」

薬子「世界中の人が見られますからね」

氷雨「依頼だよ」

神保「効果早っ」

倒理「……」

氷雨「穿地から――」

一同「――」

倒理「ということは――美影か」

インサート――第1話・シーン31。
天川(49)のもとで、犯罪社会学を学ぶ大学時代の倒理(22)、氷雨(22)、穿地(22)、美影(22)――。

×　×　×

インサート――第2話・シーン11。

穿地「六年前にある事件が起きた。その後失踪し、犯罪者になったクズ」

×　×　×

インサート――第2話・シーン17。

氷雨「美影も犯罪コンサルタントっぽくないよ」

×　×　×

美影「僕たちはいい関係だと思うよ。君たちは謎を解く側。僕は作る側。切っても切り離せない」

×　×　×

氷雨が傍にある新聞の一面を見せて――。

氷雨「この事件、美影が指南したらしい――」

昨夜、検察官・片桐道隆(40)が自宅で何者かに射殺されたことが記載されている。

倒理「――」

神保・薬子「!?」

神保「検事射殺事件――世間が大注目してるやつじゃないですか」

倒理「期待値爆上がりだ」

氷雨「ある意味、美影からのラブレター――」

倒理「お望み通り返信してやろうぜ」

倒理と氷雨――。

倒理「俺たちに解けない謎はない」

○タイトル

事務所近くに停車した車

運転席に倒理、助手席に氷雨が乗り込む。

倒理「そんな騒ぎになってる事件か」

氷雨「ニュースぐらい見なよ」

倒理「どうせスクラップしてんだろ。ざっと話せ」

氷雨が一息ついて、タブレットを取り出す。

新聞や雑誌などの記事――。

×　×　×

インサート――片桐道隆の写真。

スーツ姿。胸には検察官バッジ。

氷雨（N）「被害者は検察官・片桐道隆、四十歳。事件の背景には、かつて彼が担当した『料亭放火殺人事件』が関係している」

×　×　×

インサート――新聞や雑誌の記事。

高級料亭の支配人・森田広也（50）の写真。

見習いの堂島健太郎（30）の写真。

堂島が金銭を奪おうとして、支配人に見つかり殺害。店に火をつけたと記載。

別の記事には、堂島が使っていた包丁が凶器であること。その凶器に被害者の血痕と堂島の指紋が付着していたことなどが記載――。

氷雨（N）「十年前、高級料亭の支配人・森田広也、五十歳が殺害された。逮捕されたのは板前の見習い・堂島健太郎、二十歳。店の売り上げ金を盗もうとしたところ、支配人に見つかったため殺害、火をつけた。逮捕後、本人は一貫して無実を主張したが、検察に起訴され、裁判で無期懲役の刑が確定した」

× × ×

インサート——図解。

裁判で『有罪判決確定』から『再審請求』する流れ。

フローチャートの行き着く先は『開かずの扉』の画。

氷雨（N）「その後、NPO団体の懸命な支援活動により、堂島に新たなアリバイの証拠が見つかった。再審請求を受けて裁判所は認めた。だがそれだけで再び裁判が行われる訳ではない。再審は『開かずの扉』——いくつものハードルがある。検察が不服申し立てをすれば、開きかけた扉であっても簡単に閉ざされてしまう」

× × ×

インサート——検察庁・廊下。

歩いている片桐道隆。

前方から部下を引き連れて歩いて来る父親の片桐浩介（63）。道隆と目配せする。

氷雨（N）「この事件の担当検事だった片桐道隆の父親は東京高検の検事長——次期総長の呼び声も高い。そんな事情もあって、検察が不服申し立てをするかどうかが注目された」

不敵な笑みを浮かべて歩く道隆。

氷雨（N）「結局、『開かずの扉』は開かなかった。その一週間後、片桐道隆は何者かによって自宅で射殺された——」

片桐家・玄関先

倒理と氷雨を出迎える道隆の妻——片桐佳代子(35)。

佳代子「片桐の妻です。刑事さんから伺っています。探偵さんと(氷雨を見て)——助手の方ですか?」
氷雨「僕も探偵です!」
佳代子「(ビクッと)——」
倒理「はい、鉄板」
佳代子「(怯えたように)すみません、本当に申し訳ございません」
氷雨「あ、いえ、いつものことなので、大丈夫です」
倒理「いつも通り、存在感がない。やっぱり宣伝しとくべきだろ」
氷雨「黙ってて」

佳代子は微かな手の震え。

佳代子「刑事さんは、二階の夫の書斎に……」
氷雨「……」

倒理と氷雨が案内される。
佳代子の様子が気になり、眼鏡を押し上げて思案する氷雨——。

同・2階・書斎

倒理と氷雨が入ると、穿地と小坪がいる。
穿地が黙って睨む——。

倒理「よお、最高に不機嫌そうだな!」
氷雨「煽らない。穿地も呼んでおいて睨まない」

室内の床には、絨毯が敷かれている。

部屋の右側にはデスクと椅子。
左側には、応接セットと天井まで届く大きな書棚。
隅には本を取る踏み台のスツール。
窓は分厚いカーテンで遮られている。
正面の窓際の床には、人の形をした白いテープが貼ってある。

穿地「今回は『算段の平兵衛』――」

折りたたんだコピー用紙を差し出す。
倒理と氷雨が手にして見る。
古典落語『算段の平兵衛』の一節が記されている。

穿地「今朝、差出人不明で届いた」

寄席

演目名は――『算段の平兵衛』。
落語家が演じている。
客席で聞いているのは美影だ。

氷雨（声）「美影がこの事件を『算段の平兵衛』の落語にかけたのは、いくら巧妙に真実を闇に葬っても――」

6 片桐家・2階・書斎

氷雨「――それを知る者は確実にいることを示唆（しさ）してるんだろうね」
倒理「相変わらず物好きな（奴だ）」
穿地「（苛々と）小坪、事件の経緯――」
倒理・氷雨「……」
小坪「（手帳を見て）被害者は昨夜八時過ぎに帰宅――」

（事件発覚の映像）同・同・同　（夜）

道隆がパソコンに向き合って仕事している。

小坪（声）「入浴と夕食後、いつものように持ち帰った仕事を片付けるため書斎に」

（事件発覚の映像）同・1階・リビング　（夜）

佳代子と義理の父親・浩介がいる。

二階から『ドン！』という音がする。

二階を見上げる佳代子と浩介。

小坪（声）「妻の佳代子と同居している片桐の父親・浩介は一階のリビングにいた。そして十時頃、二階から『ドン！』という音が聞こえてきた」

（事件発覚の映像）同・2階・書斎・外～中　（夜）

佳代子がドアをノックして、

佳代子「あなた？　どうされたんですか？」

小坪（声）「書斎は片桐の大事な仕事部屋。勝手に入ることを禁じ、自ら掃除もやっていたらしい。何度声をかけても返事がない。仕方なくドアを開けてみると——」

ドアを開ける佳代子。

驚愕の佳代子の表情で——。

10

同・同・同

小坪「片桐道隆は射殺されて——おい、聞いているのか、巻き毛」

倒理は部屋の中央にしゃがんでいる。

倒理「聞こえてる。渾名をつけるのは許す。ただセンスなさすぎ。別案百出しておけ」
小坪「誰が出すか！」
倒理は常備しているピンセットで、絨毯の上から小さなごみのようなものをつまみあげる。
倒理「……虫の死骸。ツマキチョウだ」
倒理の瞳に映る虫の死骸――。
そのやり取りの裏で――氷雨は穿地に殺害状況の写真を渡される。
穿地「これが事件発生時の写真――」
部屋着姿の被害者が仰向けに倒れている。
穿地「弾は被害者の心臓に命中し、即死。使われたのは、消音器付きのライフル」
他の写真――デスクの上ではスタンドが点けっぱなしで、パソコンは開いたままだ。
氷雨「どこから撃ったの？」
穿地が遮光カーテンを開いて、指差す。
ブロック塀と一車線の路地。
穿地「目撃情報によると、見かけない車が停まっていたらしい。それに銃弾の入射角は三十度。あの場所からここに向けて撃ったとすれば、ぴったり一致する」
床から一メートルの高さの左側の窓ガラス。小さな穴。さらに左側のカーテンには、ガラスからやや上へずれた場所に同じサイズの弾痕。
氷雨「カーテンに弾痕が残ってる。まさかこれって狙撃されたとき閉まっていたってこと?」

穿地「(吐き捨て)だからお前たちを呼んだ」

倒理が会話に入ってきて、

倒理「ターゲットが見えないのに狙撃なんて不可能——。美影、ブラボー!」

小躍りする倒理の足を蹴る穿地。

倒理「蹴るなよ」

氷雨「犯人は被害者に電話をかけて、窓際に誘導したのかな」

倒理が巻き毛に触れる。

浩介(声)「犯人は特定できたのか——」

入り口付近に浩介が来る。

傍には戸惑いの表情の佳代子。

小坪「まだ捜査中です。勝手に入られては(困ります)」

浩介「警察は何をやってるんだ」

倒理「検察も何をやってんだよ」

氷雨「(窘めて)倒理——」

浩介「(相手にせず)犯人はすぐ絞り込める。息子は警戒していたんだ」

× × ×

フラッシュ——片桐家・1階。

部屋のカーテンを閉めている道隆。

傍にいる浩介。

道隆「私は間違えていないのに、そう思い込んでいるバカがいるんですよ。だから念のために——」

× × ×

浩介「家中のカーテンを閉め、窓から一メートル以内には、何があっても絶対に近づかなかった」

倒理「誘導説消えたな」
氷雨「誰に狙われてるか話していましたか」
浩介「私には心配かけたくなかったんだろう。詳しくは」

浩介が佳代子に向き直って、

浩介「道隆から何か聞いてなかったのか」
佳代子「いえ……」
浩介「夫が抱えている問題に無頓着すぎる。何故妻の務めを果たさなかった?」

佳代子はただひたすら謝罪する。

氷雨「……」
小坪「もう少し下でお待ち下さい——」

小坪が浩介と佳代子を外に出るように促して——。

そのやり取りの裏で、穿地が話す。

穿地「ちなみに被害者は職場でも周囲を警戒していたという証言が出ている」
氷雨「日本で狙撃を警戒するって特殊だよね」
倒理「すでに犯人に当たりつけてんだろ」

穿地の携帯が震える。

穿地「(出て)わかった。すぐ行く」

穿地が電話を切って、

穿地「重要参考人の話を聞いてくる——」
倒理「じゃあ、俺も!」
穿地「(倒理を見据えて)——」

氷雨が眼鏡を押し上げて、

氷雨「僕は残って気になること調べてみるよ」

11 所轄・正面玄関口

マスコミが多数集まっている。

12 同・裏口

裏口から穿地と倒理が入る。
不意に倒理がある視線を意識する。
カメラが光に反射したように見える。

倒理「……」

13 同・会議室

穿地がいる。離れた場所にいる倒理。
所轄の捜査員がある女性を連れて来る
――上野美貴(うえのみき)(35)。

穿地「NPO団体『アカルイミライ』の上野美貴さんですね」

美貴「……」

穿地と美貴――。

穿地「『料亭放火殺人事件』――無実を訴える堂島健太郎さんを支え続け、大変なご苦労だったと思います」

美貴「……私は他人の支援なんて興味はなかった。でも……」

穿地「団体を設立したのが高校時代の同級生・宍戸大樹(ししどだいき)さんだったから、ですよね」

美貴「……」

× × ×

フラッシュ――通り。
美貴(30)と宍戸大樹(30)が歩きながら話す。

宍戸「社会のルールが法律。ルールがあるから苦しむ人もいる」

美貴「……」

宍戸「法律家にはなれなかったけど——」

×　×　×

美貴「——誰かのために自分にできることをやってみたいって彼が……」

美貴が話す中、倒理は紙に何かを描いている。

穿地が気になり近づく。

不可能状況下での射殺のトリックの図を描いて、あれこれ思案している。

穿地「(小声で)ちゃんと話聞け」

倒理「聞こえてるよ。究極の自己満話だろ」

美貴「ええ、究極の自己満足、彼自身がそう言っていた」

×　×　×

フラッシュ——公園や高台など。

宍戸「誰かのためは、自分のため——」

美貴「え……」

宍戸「繋がっていると思うんだ。ほら、プレゼントと一緒。自分が相手の喜んだ顔を見たいから贈るでしょ。それと同じだよ」

笑う宍戸を見つめる美貴——。

×　×　×

穿地「そんな彼の遺志をあなたが引き継いだ」

その言い回しが気になる倒理。イラストを描いているペンの手が止まる。

何も答えない美貴。

穿地「では別の質問を——。元々あなたは『ライフル射撃』の競技で大会に入賞するほどの腕前。一年前になぜ突然引退されたんですか」

美貴「……」

倒理が顔を上げて見る。

穿地「糸切美影――」

美貴「――」

倒理「（驚いて穿地を見る）――」

穿地「私の大学時代の同級生……よく知っています。卒業前に失踪し、今は犯罪コンサルタントをやっている」

穿地はジッと美貴を見つめて、

穿地「しゃべり方は穏やかで一定のリズムを崩さない」

美貴の視線が揺れる。

穿地「あなたは糸切美影に事件の指南を受けたんですね」

美貴「……知りません、そんな人」

倒理「それでいい」

美貴「え……」

倒理「（イラストを見せ）この不可能狙撃、最高だ！　俺が解くまで、絶対に先に答えを言うよ！）」

穿地に叩かれる倒理で――。

同・屋上

倒理と穿地がいる。
穿地が睨んでいる。

倒理「あの重要参考人、疑われるのは想定内だろう。肉を切らせて骨を断ったところで、どのみち自白は（しない）」

穿地「私は公安にマークされている」

倒理「……美影のことか」

穿地「だからもう時間がない」

倒理「……」
　沈黙の間――。
倒理「マークされてるのは、公安だけじゃない」
穿地「――」
倒理「さっきカメラを持った奴がお前の写真を撮っていた。マスコミだろう」
穿地「……敵が多い。誰かが足を引っ張るために、リークしたのかも」
　穿地が一息ついて、
穿地「私の話はいい」
倒理「そういや、NPO団体の宍戸って聖人君子――この世にはいないのか」
　×　×　×
　フラッシュ――シーン13。
穿地「そんな彼の遺志をあなたが引き継いだ」
　倒理のペンを持つ手が止まる。
　×　×　×
穿地「そう、亡くなっている。表向きは不慮の事故で」
倒理「表向き？」
穿地「今回の検事射殺事件――いくつもの事件が複雑に絡み合っている――」
　穿地が倒理に当時の調書を渡す。
穿地「一年前、歩道橋を降りようとした上野美貴と宍戸大樹は、後ろから来た男性と衝突し、地面に転落した――」
　×　×　×
　インサート――歩道橋傍。
　血を流して倒れている宍戸。
　傍には同じく血を流し倒れている美貴

――。

穿地（声）「宍戸は即死、巻き込まれた彼女は一命は取り留めたものの重傷を負った」

×　×　×

穿地「当初、捜査にあたった刑事に彼女はこう主張していた。『事故じゃなくて殺人だ』と――」

倒理「――」

×　×　×

インサート――歩道橋傍。
血を流して即死している宍戸。
傍で同じく血を流し倒れている美貴。
佐伯克己（さえきかつみ）（30）がゆっくりと降りてきて、宍戸に息があるか確認する。

佐伯「残念だったな。お前が睨んだ通り、支配人を殺したのは、俺だよ。でも俺はやってないって、あの検事が認めてくれたんだよ」
意識が朦朧（もうろう）としながらも声が聞こえている美貴。
佐伯が携帯を取り出し、救急車を呼ぶ。

佐伯「ぶつかった人が歩道橋から落ちて……急いで下さい！」
必死に助けを求めながら、顔は笑っていて――。

穿地（声）「その頃、宍戸は再審請求のために――」

×　×　×

穿地「――『料亭放火殺人事件』の調査を行っていた。そして犯人とされた堂島健太郎にはアリバイがあり、真犯人は出入り業者だった佐伯克己という男の可能性が高いことまで突き止めていた」

倒理「！……ぶつかってきたのは――」

穿地「――その佐伯だ」

倒理「つまり野に放たれた真犯人――そいつが真相を悟られそうになり、事故を装って突き飛ばしたってことか？」

穿地「（頷いて）――佐伯はこの事故で過失致死の罪に問われ、裁判で執行猶予判決を受けた。ただそれ以上は……」

倒理「――」

穿地「全貌を知った片桐は、保身のために公にはしなかったんだ」

倒理「……」

15 探偵事務所『ノッキンオン・ロックドドア』・外～中（夜）

倒理が戻って来る。

スマホを手にした薬子が出迎える。

倒理「ん？」

先に戻っていた氷雨が奥の部屋から顔を出して、

氷雨「ドキュメンタリー風に撮るんだって」

薬子「推理がメイン。差し障りがあるところにはあとでピー音入れるんで」

倒理「何でそんなもん撮るんだよ」

薬子「まさかのマイナス効果だったんです。アップした動画」

氷雨「再生回数四回。しかも動画を見た依頼予定の人が断りの連絡を入れてきたって」

倒理「……」

薬子「腹立つんですよ。確かに色々難ありだけど、推理力だけはずば抜けてる――それをアピールしましょう。二人は私の推しですから」

ニコッと笑う薬子。

同・中（夜）

ソファーに座っている倒理と氷雨。
スマホで撮影している薬子。

倒理「無茶苦茶気になる」
氷雨「気にせず、気になったこと話そう」
　薬子が二人を撮り続ける。
氷雨「限りなく黒なのは、上野美貴って訳だ」
倒理「被害者の片桐検事が狙撃を警戒してたってことは、ライフルを扱える彼女の存在を知っていたってことになる。つまり二人には接点があった」
氷雨「その接点は特に驚くべきことじゃないね」
倒理「何だ、そのドヤ顔？」
氷雨「被害者の自宅最寄り駅半径五百メートル圏内の主要防犯カメラを調べてみたら、事件の一週間前――」
　タブレットを見せる。
広場。
上野美貴と一緒にいるのは――佳代子だ。
倒理「！……」
氷雨「今、おっ、て思ったね」
倒理「いや」
氷雨「上野美貴と検事の妻・片桐佳代子には接点があった」
　氷雨がネクタイを緩めて、
氷雨「事件の鍵を握るのは――被害者の奥さんだよ」
　バシッと決める氷雨を薬子がアップで撮

る。

氷雨「で、不可能狙撃のトリックは？　まだ何も解けないみたい（だね）」

倒理「（ボソッと）解けた……」

倒理はスケッチブックを見せる。

薬子がスマホで撮る。

倒理「（早口で）狙撃を偽装したんだ。窓とカーテンの弾痕はフェイク。被害者は別の場所で撃たれたあと、室内に寝かされた」

氷雨「フェイクの弾痕なんてどう作るの？」

倒理「……頭を使えばやれないことは――」

氷雨「言い回しに自信のなさが明確に見える。百点満点中、零点」

倒理がソファーを立って離れる。

倒理「シャワー浴びてくる」

氷雨「逃げるなよ」

薬子「いいですね、シャワーシーン！」

倒理・氷雨「は？」

17 同・風呂（夜）

倒理はシャワーを浴びている。

脱衣所にいる氷雨。

氷雨「想像以上に重い事件だね」

倒理「……」

氷雨「『開かずの扉』――それによっていくつもの真実が闇に葬られた。でも今回の事件の謎を解けば、扉は開くのかも」

倒理「……」

氷雨「きっとそこまで、美影は視野に入れてる」

倒理「穿地曰く、潔癖症だからな、あいつ」

氷雨「ただし鍵は僕たちが見つけるしかない。それが美影なりのルール」

外から薬子の声――。

薬子(声)「氷雨さんも早く脱いで！　謎解きはシャワーを浴びながら！」

⑱ 春望大学社会学部・天川教授の部屋　(日替わり)

天川がレポートの採点をしていると、ノックの音。

天川「どうぞ」

入って来た人物――。

美影(声)「ごぶさたしています」

天川「――」

それは――美影だ。

天川と美影――。

天川「(さりげなく)やあ。絶品の錦玉羹(きんぎょくかん)があるんだ。お茶をいれよう」

×　×　×

天川と美影がソファーに向かい合って座る。

美影「怒らないんですね」

天川「怒られに来たのか」

美影「いえ。……ただ話がしたくて」

天川「では聞こう」

美影「今回、僕が作った謎――それが解けたとき、みんなに会おうかと思って」

天川「六年前の事件を解くためにかな」

美影「解くべきかどうか、迷っています」

天川「解かない方がいい謎なんてこの世には存在しない」

美影「……」

天川「重要なのは、出した答えをどう扱うかだ」

天川と美影――。

天川「例えば、君が密室に閉じ込められたとする。ドアの鍵を見つければ、二つの選択肢が生まれる。外に出るか、部屋に留まるか。鍵の使いどきは君の自由だ」

美影「……ずっと部屋にいるつもりなら、鍵は必要ありません」

天川「でも君は部屋を出たくなった。だからここに来た」

美影「教授は、僕が選んだ道、正しかったと思いますか」

天川「……」

美影「やっぱりちょっと怒ってますね？」

天川「かつての君の仲間に期待するよ。謎を解いて、君と対決することを――」

警視庁・外観

砂貝（声）「糸切美影――彼と君はかつて深い繋がりがあったんだな」

20 **同・大会議室**

穿地が警察上層部の面々の前にいる。
参事官の砂貝真（56）もいる。
大学時代の写真が並べられている。
キャンパスにいる穿地、美影。
そして倒理と氷雨。

穿地「……」

砂貝「姪っ子の活躍が自慢だったよ。だからこそ悲しい」

穿地「ご説明させて（下さい）」

砂貝「記者にもマークされているんだろう。事が公になる前に、どうすればいいかな？」

穿地「……」

21 片桐家・2階・書斎

事件現場にいる倒理。傍には小坪。

倒理は携帯を手にしていて――。

倒理「破裂だ、穿地が抱えてた爆弾が――」

22 停車した車

運転席にいる氷雨、携帯を手にしていて――。

以下、適度にカットバック――。

氷雨「え……」

倒理「穿地が警察辞める――」

氷雨「!?」

倒理の傍にいる小坪が拳をギュッと握る。

23 所轄・屋上

穿地が一人佇む。

倒理（声）「ただし辞める前に、どんな処分を受けようが、この事件だけは解決させるって」

24 片桐家・2階・書斎

倒理「どのみち穿地が刑事廃業なら、美影事件に関われるのは――」

氷雨「――これが最後」

25 通り

歩いている美影――。

26 片桐家・2階・書斎

倒理「必ず解いてやるよ――待ってろ美影」

KNOCKIN'ON LOCKED DOOR

1 停車した車

運転席に氷雨がいる。タブレットで、事件の概要をまとめたものを見ている。

氷雨（N）「社会にはルールがある。そしてその違反を取り締まる人間がいる」

×　×　×

インサート――第7話・シーン1。

氷雨「この事件、美影が指南したらしい――」

昨夜、検察官・片桐道隆が自宅で何者かに射殺されたことが記載されている。

×　×　×

神保「検事射殺事件――世間が大注目してるやつじゃないですか」

×　×　×

インサート――第7話・シーン10。

倒理「ターゲットが見えないのに狙撃なんて不可能――。美影、ブラボー！」

×　×　×

インサート――第7話・シーン13。

NPO団体『アカルイミライ』の上野美貴

穿地「NPO団体『アカルイミライ』の上野美貴さんですね」

×　×　×

穿地「『料亭放火殺人事件』――無実を訴える堂島健太郎さんを支え続け、大変なご苦労だったと思います」

美貴「……私は他人の支援なんて興味はなかった。でも……」

穿地「団体を設立したのが高校時代の同級生・宍

戸大樹さんだったから、ですよね」

×　×　×

穿地「元々あなたは『ライフル射撃』の競技で大会に入賞するほどの腕前。一年前に何故突然引退されたんですか」

×　×　×

インサート――第7話・シーン14。

穿地「今回の検事射殺事件――いくつもの事件が複雑に絡み合っている――」

×　×　×

血を流して倒れている宍戸。

傍には同じく血を流し倒れている美貴――。

穿地（声）「その頃、宍戸は再審請求のために――」

×　×　×

穿地「――『料亭放火殺人事件』の調査を行っていた。そして犯人とされた堂島健太郎にはアリバイがあり、真犯人は出入り業者だった佐伯克己という男の可能性が高いことまで突き止めていた」

×　×　×

倒理「つまり野に放たれた真犯人――そいつが真相を悟られそうになり、事故を装って突き飛ばしたってことか？」

×　×　×

穿地「全貌を知った片桐は、保身のために公にはしなかったんだ」

氷雨（N）「しかしルール違反が意図的に黙認され、違反を犯していない人間が罰を受けたとしたら――一体何を信じればいいんだろう」

×　×　×

インサート――第7話・シーン22。

倒理「穿地が警察辞める――」

× × ×

インサート――第7話・シーン24。

倒理「どのみち穿地が刑事廃業なら、美影事件に関われるのは――」

氷雨「――これが最後」

× × ×

インサート――第7話・シーン26。

倒理「必ず解いてやるよ――待ってろ美影」

× × ×

インサート――第7話・シーン10。

倒理は常備しているピンセットで、絨毯の上から小さなごみのようなものをつまみあげる。

倒理の瞳に映る虫の死骸――。

○タイトル

2 墓地

宍戸大樹の墓に手を合わせる美貴。

そこに来る穿地。

穿地と美貴――。

穿地「一年前、あなたは射撃の世界から身を引いた。でも母校で密(ひそ)かに練習していたという目撃情報を(摑みました)」

美貴「私が殺しました、片桐検事を――」

穿地「――」

美貴「仮にそう言っても、私の犯行動機を警察は採用しない。検察も認めない」

穿地「……」

美貴「冤罪により、第二、第三の事件が起きた――。関係者はどんな訴追を受けるかわからないから」

穿地「それでも私は全てを明らかにします――」

美貴「あなたを信じろとでも？」

穿地「片桐佳代子さん――」

美貴「――」

穿地「射殺された検事の妻とあなたには、何かしらの接点がありますよね」

美貴「……」

何も答えずに立ち去る美貴。

3 東京郊外の鄙(ひな)びた商店街にある町の定食屋・前

暖簾(のれん)を出す年配の女性店主・久保田聡子(くぼたさとこ)(65)。

氷雨が近づいて、

聡子「いらっしゃいませ」

氷雨「片桐佳代子さんのお母さんですか」

聡子「えっ、ええ」

氷雨「佳代子さんのことでお聞きしたいことがあるんです」

4 片桐家傍の路地（夜）

倒理が携帯を手に、二階の窓を見ている。

窓には遮光カーテン。微かに漏れる光。

倒理「午後十時、ここから犯人はライフルでターゲットに狙いを定めた。遮光カーテンが閉まった中、相手がどれだけ窓に近づこうが、影さえ見えやしない。しかし何らかのトリックを使って相手の心臓を――（手で銃を作って）バン！」

片桐家の室内のカーテンを開けるのは、小坪だ。

小坪も携帯を手にしている。

倒理「おい、撃たれたら倒れろ」

片桐家・2階・書斎（夜）

小坪「ああ～～」

膝をつき、床に手をついて仰向けに倒れる。

片桐家傍の路地（夜）

以下、適度にカットバック――。

倒理「大根。やり直し！　本気でやれ！」

小坪「こんなことやって意味が――」

倒理「穿地の最後の事件。何でもやるって言ったのはどこの誰だ？」

小坪「……撃てよ」

倒理「バン！」

小坪「うっ……」

そのまま仰向けに倒れて、痛がる小坪。

倒理「イメージが湧くまで、あと百回！」

小坪「嫌がらせだろ！」

お茶を持ってくる佳代子。

佳代子「お茶をここに置いておきますね」

小坪「夜分にうるさくして申し訳ありません」

佳代子「（首を傾げて）いえ、一階にいると特に音は……」

倒理が見つめる。佳代子は何のことだかわかっていないようだ。部屋を出る佳代子。

倒理「！……」

ダッと走り出す倒理――。

7 片桐家・2階・書斎（夜）

倒理が入って来る――。

すぐに倒理は小坪の頭を触り出す。

小坪「な、なんだ」

倒理「たんこぶ。本気で倒れたのか」

小坪「あんたがやれって言ったんだろ！　この悪魔探偵!!」

倒理が思案顔――。

倒理の瞳に映る室内の絨毯。

『聞いてるのか、悪魔探偵！』と小坪の声が倒理の耳に届く。

ニヤッと笑う倒理。

倒理「いい響きだ。渾名はそれで――」

8 探偵事務所『ノッキンオン・ロックドドア』・台所（夜）

倒理が料理を作る。氷雨が傍にいる。

倒理「あの部屋には分厚い絨毯が敷いてある。だからちょっとのことでは一階に音は響かない」

氷雨「！……それって、じゃあ――」

×　×　×

インサート――第7話・シーン8。

佳代子と義理の父親・浩介がいる。

二階から『ドン！』という音がする。

二階を見上げる佳代子と浩介。

氷雨（声）「事件が起きたとき、二階から『ドン！』という音がしたのは――」

倒理「おかしいよな。普通に仰向けに倒れたんじゃ一階までは響かない。だとすると、普通じゃない倒れ方をしたんだ──」

×　×　×

氷雨「不可能狙撃のトリック、解けたの？」
倒理「八割方。で、そっちは？」
氷雨「佳代子さん、エリート検事の妻に見合うように必死に努力してきたらしい」

倒理は料理を作りながら聞いている。

氷雨「旦那が法律──服装から生活態度、そして交友関係さえも、夫の指示に従っていたって。実家とも距離を取らされていた」

×　×　×

イメージフラッシュ──片桐家・リビング。

道隆と佳代子がいる。
傍には浩介もいる。

道隆「君のお母さんと食事？」
佳代子「……ほら結婚式以来、一度も挨拶（できていないから）」
道隆「何故交流を持つべきでないか言ったよね。君のお母さんの教養に関して、まだ何か言わなきゃいけないの？」
佳代子「……ごめんなさい」

佳代子の手が震えている。
聞いているが何も口を挟まない浩介。

×　×　×

氷雨「あの父親の佳代子さんへの態度を見る限り、親子揃って同じように接していたんだろうね。僕の方は九割方見えてんだけどな」

倒理「（料理の手が止まり）じゃあ俺は九割五分」
氷雨「（フッと笑い）とにかく最後のピースが足りないってことだね」
　　ドアがノックされる音。
　　ゴツゴツゴツ、ゴツゴツゴツ。
　　ゴツゴツゴツ、ゴツゴツゴツ。
氷雨「このせっかちなリズム」
倒理「それでいて容赦なく叩くような音――」

9 同・中（夜）

　　目の前には料理。一心不乱に食べる穿地。
穿地「サバ味噌定食、うまっ」
倒理「味噌じゃない。きれてたから、ジャガイモとしょう油と塩麹（こうじ）で代用したんだよ。この味噌汁もな」
　　一気に食べ終わる穿地。
穿地「ごちそうさま」
倒理「満足したところで、早く摑んだこと話せ」
穿地「十年前に起きた『料亭放火殺人事件』――犯人とされた堂島健太郎のもとに、片桐佳代子が何度も面会に訪れた記録が残っていた」
倒理・氷雨「――」

　　×　×　×

　　インサート――刑務所・面会場所。
　　佳代子が堂島健太郎（30）と面会している。
穿地（声）「無実を訴えていたのに、夫が無期懲役に追い込んだ相手――」

　　×　×　×

穿地「――つまり彼女なりに事件のことを調べて

たんだ。きっかけは、おそらく上野美貴」

氷雨がネクタイを緩める。

氷雨「法律に絶望した上野美貴。夫という法律に縛られた片桐佳代子──」

倒理が巻き毛に触れて、聞いている。

氷雨「間違ったルールに苦しんだ二人の女性──」

倒理「確実な殺害方法×(カケル)不確実な現場＝(イコール)不可能狙撃」

穿地「不可能、不可解──どっちも解けたのか?」

氷雨「僕たちに解けない謎はない──」

倒理「穿地、最後の大仕事だ」

穿地が頷いて──。

10 **所轄・外観（日替わり・翌日）**

マスコミが多数集まっている。

11 **同・会議室**

穿地がいる。所轄の捜査員が美貴を連れて来る。

美貴「まだ何か話が──」

穿地「これで最後です」

穿地と美貴──。

12 **片桐家・1階・リビング**

倒理が携帯を手にしている。

傍には佳代子。浩介もいる。

倒理「氷雨、いいぞ」

何も音がしない。

倒理「はい、次──」

二階から『ドン！』という音がする。

倒理「事件があったとき、あなたたちが聞いた音はこれだ」

青ざめる佳代子。

所轄・会議室

穿地「あなたは亡くなった宍戸大樹さんの遺志を引き継ぎ、『料亭放火殺人事件』の真実を明らかにしようとした」

美貴「……」

穿地「真犯人は別にいることを立証しない限り、宍戸大樹さんが何故歩道橋から落とされ殺されたのかは闇に葬られたまま」

美貴「……」

穿地「懸命な活動の末、『開かずの扉』は開きかけた。しかし検察の不服申し立てによって閉ざされた」

美貴「……」

×　×　×

フラッシュ――片桐家近くの路地。（夜）

停車しているバン。

車内で帽子を目深に被った美貴が片桐家を見る。

カーテンが閉まっている。

車の中には消音器付きの小型ライフル。

穿地（声）「覚悟を決めていたあなたは片桐道隆を撃ち殺そうとした。……が、相手も狙われることを想定し警戒していた」

×　×　×

穿地「そこで、糸切美影の登場」

美貴「……」

×　×　×

イメージフラッシュ――片桐家傍の路地。（夜）

美影がジッと家を観察している。

カーテンが閉まっている。

穿地「彼はある方法を考えついた。カーテン越しに狙撃する極めてシンプルな方法を――」

14 片桐家・2階・書斎

倒理、浩介、佳代子が室内に入る。

室内中央にはスツール。

その上に乗っている氷雨がある重りを持っている。

倒理「被害者は窓際で狙撃されたんじゃない。こいつと同じように部屋の中央でスツールの上に立っていたとき、撃たれたんだ」

浩介「――」

佳代子「……」

氷雨「被害者の体重は六十五キロ。この高さから仰向けに倒れた場合、約一・七五倍の百十四キロの物体が倒れた時と同じ衝撃が床に加わります」

氷雨が重りを落とす。

『ドン！』と音が響く――。

倒理「さっき、聞いた音だ――」

訳がわからない浩介。

絶句する佳代子。

浩介「本棚から離れたこんな場所で、何でスツールを使う必要が（あるんだ――）」

倒理が真ん中の天井の照明を指す。

倒理「蛍光灯だ」

浩介・佳代子「――」

倒理「人間が照明の真下で踏み台に乗るのはどんなときか？　被害者は蛍光灯を取り替えようとしていたんだ。根拠もある。ここに落ちていた虫の死骸――」

×　×　×

インサート――第7話・シーン10。

倒理は常備しているピンセットで、絨毯の上から小さなごみのようなものをつまみあげる。

倒理「……虫の死骸。ツマキチョウだ」

倒理（声）「照明のカバーが外れたとき、カバーの裏側に入り込んでいた死骸がこぼれて、絨毯の上に落ちたんだ――」

氷雨「ツマキチョウ。今の時期には生息しない虫です」

×　×　×

浩介・佳代子「――」

所轄・会議室

穿地が美貴に話す。

穿地「糸切美影がトリックを思いついたのは、書斎の窓からちかちかと光が漏れているのを見たからです」

×　×　×

イメージフラッシュ――片桐家傍の路地。（夜）

美影がジッと家を観察している。

書斎の窓からちかちかと光が漏れてい

る。

穿地（声）「もうすぐ蛍光灯を取り替える。その人物も予めわかっていた」

×　×　×

穿地「片桐は勝手に書斎に入ることを禁じ、掃除も自らやっていた。それなら当然、自分でやるはずです」

美貴「……」

16 片桐家・2階・書斎

倒理「照明の位置は部屋のど真ん中、すなわち中央の窓の直線上――」

×　×　×

インサート――イラストあるいは図解。

倒理（声）「――スツールの高さは五十センチ。被害者の身長は百七十八センチ。蛍光灯を取り替える瞬間を狙えば、三十度の角度で見えない相手の心臓を撃ち抜ける――」

×　×　×

倒理「あとはタイミングさえ見極めればいい」

浩介「カーテンが閉まっているのに、いつ取り替えるか外からわかるはずが（ない）」

倒理「わかるんだよ。取り替えるとき、大抵の人間はスイッチを切る。感電防止のためにな。でも夜だと手元が見えなくなるから、別の光源が必要。この部屋でいえば――あれだ」

デスクの上にスタンドライト。

×　×　×

インサート――第7話・シーン10。

事件発生時の写真。

デスクの上ではスタンドが点けっぱなしで、パソコンは開いたままだ。

×　×　×

倒理「――日常生活の中で、部屋の照明を落とし、スタンドだけ点ける状況っていうのはほとんどない」

×　×　×

インサート――片桐家傍の路地。(夜)
停車しているバン。
帽子を目深に被った美貴がライフルを構えている。

倒理(声)「三つの窓のうち、机に近い右側の窓からのみ、光が漏れる――その変化が狙撃犯にとって、合図って訳だ」
集中する美貴。
タイミングを見計らって引き金を引いて――。

×　×　×

浩介が佳代子に向き直って――。

浩介「蛍光灯をこまめに交換しなかった妻の責任だ!」
佳代子「(ビクッと)申し訳ございません……」
佳代子の手が震える。
氷雨「今のそれが今回の事件を複雑にした動機ですよ」
浩介「は?」
氷雨「部屋に入ることは禁止していたのに、蛍光灯を替えなかったのは、お前のせいだと言う。あなたの息子さんも同じだったんでしょう」
佳代子「……」

氷雨「自分の発言は全て正しく、間違いが起これば相手の責任。これ、モラルハラスメントをやる人の特徴なんですよ」

浩介「――」

氷雨「佳代子さんは、夫の言うことに全て従ってきた。夫が法律。破ってはいけない」

佳代子「……」

氷雨「でも、もし……その夫が重大な間違いを犯していたとしたら――」

佳代子「……」

×　×　×

フラッシュ――片桐家の玄関先。

道隆が帰って来る。

出迎える佳代子。

その時、待ち伏せていた美貴が姿を見せる。

道隆「またあんたか」

美貴「間違えたことを認めて下さい」

道隆「……私は間違えてなどいない」

佳代子が道隆の動揺の表情を見て――。

佳代子「――」

×　×　×

フラッシュ――片桐家の最寄りの駅前の通り。

去って行く美貴。

佳代子（声）「あの、待って下さい」

振り返ると、そこにいるのは――佳代子だ。

佳代子「詳しく話を聞かせて下さい」

美貴と佳代子――。

氷雨「――上野美貴さんに自ら近づき、交流を持った」

佳代子「――」

17 所轄・会議室

穿地「猶予――あなたからの執行猶予だったんですね」

美貴「……」

穿地「片桐検事が自らの過ちを認め、真実を受け入れるかどうかの――」

× × ×

フラッシュ――歩道橋傍。

花を手向(たむ)けている場所。

携帯を手にしている美貴。

美貴「必ず再審までこぎ着けます。料亭放火殺人の真犯人が明らかになったら、宍戸が殺されたことも認められる」

美貴が花のある場所を見つめる。

美貴「だから決して、裏で手を回したりしないで下さい」

道隆(声)「私は法律家です。そんなことするはずが――」

美貴「もしそのときは、私があなたを撃ち殺す――」

18 片桐家・2階・書斎

氷雨「――そして上野美貴によって刑は執行された。あなたは現場を見た時、全てを悟った」

佳代子「……」

×　×　×

フラッシュ――片桐家・2階・書斎。
部屋の中央で心臓を撃ち抜かれている道隆。
傍には取り替えた蛍光灯が転がり、中央にはスツールがある。

佳代子「――」

氷雨(声)「――解放されたと同時に、まだ義理の父親がいる。どんな叱責を受けるかわからない。だから蛍光灯のことを隠すため、短時間で偽装を行った」

佳代子が部屋の電気を点け、スツールを元の場所に戻す。
遺体を窓際まで引きずる。

氷雨(声)「最後に切れた蛍光灯をどこかに隠してから、事件のことを伝えるために一階に下りていった」

×　×　×

浩介「立派な証拠隠滅罪だ――！」

震える佳代子。

倒理「そっちもな」

浩介「――」

倒理「人は間違える生き物なんだよ。だからこそ、同じ過ちを繰り返さないために間違えたときが大事なんだ」

倒理が浩介に告げる。

倒理「間違いを認めない――それこそが一番の間違いなんだよ！」

19 所轄・会議室

美貴「黙秘します――」
穿地「正義の味方でありたい」
美貴「――」
穿地「だから私は警察官になった。今回のこと、あったことをなかったことにはしない。――それが私の最後の仕事」
美貴「……」

穿地と美貴――。

20 所轄・周辺

男性記者が張り込んでいる。
突然、背中に何かを突きつけられる。
穿地（声）「隙だらけ」
恐る恐る背後を見ると――穿地がいる。
手にジャケットをかけ、何かを突きつけられている。
息をのむ記者。
穿地「私を追いかけ回してるでしょ。糸切美影との関係を記事にしたいから」
記者「あ、いや……」
穿地「全部話す」
記者「えっ」

穿地が手にかけたジャケットを取る。銃かと思ったら、メモリーカード。
記者「ホントですか」
穿地「ただし条件がある――」
覚悟の表情の穿地――。

21 街頭ビジョン（日替わり）

ニュース番組。キャスターが伝える。

送検される美貴の映像――。

キャスター「上野美貴容疑者が犯行を全面自供しました。片桐道隆氏を殺害に至った経緯が明らかになり、世間に大きな衝撃を与えています。事態を重く見た検察は『料亭放火殺人事件』の再審について改めて審議することを発表しました――」

22 警視庁・廊下

穿地が歩いて来る。小坪が待っている。

小坪「野に放たれていた真犯人――佐伯の再捜査が始まりました」

穿地「……良かった」

小坪「自分のネタを売る代わりに、大々的に記事を書かせたって噂が流れてますけど」

答えない穿地。

小坪「正義の味方ですよ、あなたは」

にっこり笑う穿地が小坪の腹にパンチ。

穿地「お疲れ、いままでお目付役」

小坪「……」

去って行く穿地。

23 同・外

穿地が歩いて来て、足を止める。

倒理と氷雨が待っている。

倒理「事務所でお祝いだ」

穿地「は？」

倒理と氷雨が笑っていて――。

24 探偵事務所『ノッキンオン・ロックドドア』・外～玄関先

倒理と氷雨の後ろを歩く穿地。

氷雨「バイトがもう一人増えるし、節約しないと
ね」
倒理「まあ今日は無礼講だ」
　穿地が苦笑。
　事務所の扉を開ける。薬子が出迎える。
薬子「穿地さんの再就職パーティ！　その前に依
頼人がお待ちです」
穿地「薬子ちゃん、ここで働くつもりは（ないから）」
薬子「一緒に働けて嬉しい――」
　薬子がニコッと笑って――。
穿地「笑って押し切ろうとしてるでしょ」
倒理「で、依頼ってどっちだ　不可能？　不可
解？」
薬子「両方だそうです」
　倒理と氷雨が応接室に向かって――。

25　同・中

　倒理、氷雨、穿地、薬子が来る。
氷雨「お待たせしました、探偵の……！」
美影（声）「よろしくお願いします、探偵さん」
　立ち尽くす倒理と氷雨。
　ソファーに座っているのは――美影だ。
美影「これ最高だね。なんでシャワー浴びながら
謎解きしてるの？」
　スマホに流れている動画。倒理と氷雨が
裸でシャワーを浴びながら謎解きしてい
る――。
『ターゲットが見えないなら、行動を予
測したんだ！』と倒理。『しかも潜在的
共犯者がいたとすれば、いくらでも偽装

はできる！』と氷雨。

美影「久しぶり」

倒理と氷雨の後ろにいる穿地。

ダッと距離を詰めて美影の頬を強く張る！

微笑を崩さない美影。

美影「痛い」

穿地「（声が震え）今まで……今までどこにいた？」

美影「どこって普通に都内だけど」

穿地が再び美影の頬を強く張る！

薬子「穿地さん、落ち着いて――」

薬子が穿地を止める。

美影「二発目は予想していなかった」

穿地が美影を睨みつけている。

立ち尽くす氷雨。

倒理「そろそろだと思ってたよ、美影」

倒理がソファーに座る。

薬子「まさか、この人が……」

薬子が穿地を真正面から見る。

薬子「穿地さん、殺すなら話を聞いてからですよ。私、食材の買い出し、行ってきますね。（美影に）ごゆっくり」

薬子が去る。氷雨が倒理の隣に座る。

美影「空気が読めるし、面白い子だね」

穿地が一息ついて、美影の隣に乱暴に座る。

穿地「なんで今さら顔出した。自首か？」

美影「そのつもりはないよ。それに警察が僕を捕まえる証拠は何もない」

美影が倒理と氷雨を見つめて――。

美影「謎解きの依頼だよ。だって、ここ探偵事務所でしょ」
氷雨「……」
倒理「どんな事件だ？」
美影「六年前の密室殺人未遂事件――現場には不可解な血のメッセージもあった」
氷雨・穿地「!……」
倒理「面白そうだ。話を聞かせてもらおうか」
美影「事件の第一発見者は僕、それに大学で同じゼミだった同級生の穿地決、片無氷雨――」

× × ×

フラッシュ――第2話・シーン17。

倒理のアパート・裏。

氷雨(22)、穿地(22)と美影(22)が凍り付いている。室内で倒れている倒理(22)。

倒理の周りは血で溢れていて――。

目の前の襖(ふすま)には血のメッセージ――。(*はっきりとは見せない)

× × ×

美影「被害者の名前は、御殿場倒理――」
倒理、氷雨、穿地、美影。それぞれの顔で――。

KNOCKIN'ON LOCKED DOOR

1 倒理が住んでいたアパート・外〜中

安アパートの一階・一〇三号室。

倒理、氷雨、穿地、美影がいる。

ドアを開けて——中に入る一同。

荷物が何もないがらんとした室内。

玄関横に風呂場とトイレ。台所を抜けた奥に一間という間取り。

倒理・氷雨・穿地・美影「……」
倒理たちの脳裏に六年前の光景が過ぎる——。

× × ×

フラッシュ——倒理のアパート・中。（6年前）

散らかっている室内。

窓にカーテンがない。

電灯の紐の先にフックをくりつけ、鍵がついたキーホルダーをぶら下げている。

テーブルを囲んで談笑している倒理（22）、氷雨（22）、穿地（22）、美影（22）——。

× × ×

倒理「お前らいつも上がり込んでたな」
美影「全然、性格合わなかったのにね」
氷雨「でも、僕たちを『繋ぐ』ものがあった」
穿地「……」
倒理「謎、ミステリー、実録犯罪……」
美影「それさえあれば、話はいつも尽きなか（ったね）」

穿地「ノスタルジーに浸るためにわざわざ連れて来たの？」
美影「ここ、もうすぐ取り壊されるそうだよ」
倒理・氷雨・穿地「……」
美影「当時の現場で謎解きをやった方がいいと思ってね。大家さんも好きに使っていいって。再現、手間かからないでしょ」

美影が窓を見る。

美影「まずカーテンはいらない。倒理は見られて困るものはないからって、つけていなかった」

美影が室内の鍵を取り出す。

美影「あとは鍵――」

電灯の紐の先にフックをくくりつけ、鍵がついたキーホルダーをひっかける。

美影「すぐなくすからって、いつもここにぶら下げていた」

ぶら下がった鍵――。

美影「鍋の最中に落ちたことあったよね、この鍵」
倒理「あったな」
氷雨「……」

×　×　×

フラッシュ――倒理のアパート・中。（6年前）

鍋を囲んでいる倒理（22）、氷雨（22）、穿地（22）、美影（22）。鍋から鍵を取る氷雨。

氷雨「だからこんなとこにつるさないでって、言ってるでしょ」
倒理「鉄分取れるぞ、よかったな」
穿地「（気色ばんで）それより今の話、本気？　探偵になるっていつ決めたの？」

美影「だいぶ前から。でも、言ったのは今が初めて」

穿地「(ムッと)いつもそう。何も相談しないで……」

倒理「(笑って)じゃあ名探偵の助手を雇おう。穿地どうだ?」

穿地「私は警察官になるって言ったでしょ。それに仕事まで一緒なのは――」

氷雨「おおっと穿地、今のは失言」

穿地が氷雨の肩にパンチする。

倒理「となると氷雨。見るからに助手って感じだし」

氷雨「今日は何の会かわかってる? 僕の内定祝いだよ」

美影「倒理、一緒にやらない?」

倒理「――」

氷雨・穿地「――」

美影「倒理と組んだら楽しいと思うな」

倒理はフッと笑ってグラスを手にし、美影のグラスと重ね合わせ乾杯――。

× × ×

ぶら下がった鍵を見つめる倒理、氷雨、穿地、美影。

倒理「あの事件がなかったら……俺たちの今も随分違ったんだろうな」

美影「これからの僕たちだって、謎を解けば――」

氷雨「それでも解くべきだと?」

美影「もちろん」

穿地「……」

四人が抱えるそれぞれの思いで――。

倒理（M）「過去の扉を開けるときがやって来た。何かが壊れてしまうのか、何も変わらずに終わるのか――開けてみないとわからない」

○**タイトル**

2 **春望大学・外観**

T『六年前――』

倒理（M）「六年前、天川教授が俺たちに出した卒業試験の課題は――現在進行形の未解決事件だった」

3 **同・社会学部・天川教授の部屋**

倒理（22）、氷雨（22）、穿地（22）、美影（22）、天川（49）がいる。

天川「では卒業試験、課題の回答を聞こう」

天川の手元には倒理たちがまとめたレポート。

ホワイトボードにも詳細が記されている。

美影が捲し立てるように淡々と告げる。

美影「連続ボウガン魔事件――現場は三件とも文京区内。事件が起きたのはいずれも深夜。手口は改造した強力なボウガンを犬に撃ち込み、無力化してから殺す」

ボードにあるボウガンやハンマーの写真。

美影「犯人は――三件目に飼い犬を殺された杉好（すぎよし）公仲（きみのぶ）さんの知人」

ボードにある杉好と犬が写った写真。
天川がページを捲る——隠し撮りした男性の写真。
美影「君塚実、三十五歳。個人で輸入業を営んでいます」
天川「根拠は？」
穿地「杉好さんの飼い犬——ブッチの殺害現場は自宅傍の公園。犬小屋で寝ているブッチにボウガンを打ち込み、公園まで引きずっていって殺したとみられていました」
ホワイトボードの写真。
美影「しかし犬小屋に残されていたリードに血が付着していない。つまり、引きずった跡は偽装。ブッチは警戒心が強く庭に誰かが入ると、必ず吠えたので番犬だったそうです。となると犯人は吠えられずに敷地外に連れ出せた人間——アリバイの面から君塚だと絞り込めました」
天川「犬を殺害した動機は？」
氷雨「杉好さんは楽器店勤務。店のお得意さんから譲ってもらったレアもののギターを自宅に置いていました。時価にして二千五百万」
倒理は黙っている。
美影「もうすぐ君塚はアメリカに移住します。その前に盗みに入ろうと考えた。でも『泥棒が入ったのに、なぜブッチは吠えなかったのか』。この手がかりを消そうとした。一匹だけ殺せば目立つ。そこで他にも何匹か通り魔に見せかけて殺害した」
天川「合格だ」
氷雨「未来の名探偵がほぼ解いたんですけど」

天川が倒理の様子をジッと見て、

天川「深入りは禁物と言ったはずだが」

倒理「……」

天川「犯人に会ったのか――」

氷雨、穿地、美影が小さく頷く。

倒理「……」

×　×　×

フラッシュ――倉庫街。

君塚実(35)と対峙している倒理、氷雨、穿地、美影。

君塚「君たちの謎解きは未完成だ」

倒理「――」

君塚「誰も俺を捕まえることはできない――今回もな」

倒理「今回も？　どういう意味だ？」

笑みを浮かべたまま答えない君塚――。

×　×　×

氷雨「犯人、どうなるんでしょうか」

天川「警察には伝えておく。ただ証拠は少ない。期待はしない方がいい」

倒理「……」

天川「さて、このゼミは今日で最終回。最後まで私のもとで学んでくれてありがとう」

美影「僕ら、いい学生でした？」

天川「普通だよ。普通に教え甲斐があったよ」

氷雨が倒理を気にして――。

4 倒理のアパート・中（日替わり・夜）

倒理、氷雨、穿地、美影が一緒にご飯を食べている。

倒理「明日、君塚の出国だ」
氷雨・穿地・美影「……」
倒理「奴が犯人だって遺族に教えなくていいのか」
氷雨「杉好さん、言ってたよね――」

×　×　×

フラッシュ――自宅前。
杉好公伸(35)が思い詰めた表情で、倒理、氷雨、穿地、美影に告げる。
杉好「ブッチは家族同然でした。もし犯人が見つかったら――殺してやりたい――」
倒理「――」
氷雨・穿地・美影「――」

×　×　×

氷雨「教えなくていい」
穿地「私も反対。軽率な行動を取るかもしれない」
倒理「取るかどうかは本人の問題だろ。俺らに決める権利あるか?」
氷雨「それだけじゃないでしょ」
倒理「……ああ。君塚のことを調べた」
氷雨「……」
倒理「奴の周りには不審な死を遂げた人間がいる。両親も放火事件に巻き込まれて亡くなっている。保険金の受取人は君塚。それで今の会社を作った。おそらくあいつは……」
美影「だろうね。この世の中にはそういう人間が確実にいる。――心がない」
穿地「……」
倒理「誰もあいつの仕掛けた謎を解ききらないから、負の連鎖が止まらないんだ。どうなろうが杉好さんに伝えて、その上で君塚にもう一度会って

氷雨「あいつはきっと自白しないよ。そのとき、どうするの?」

ジッと考える倒理。

倒理「美影はどうだ?」

美影「(いつものように微笑んで)黙っておこう。三対一。はい、これでこの話は終わり」

倒理「本心かよ」

美影「もちろん」

倒理が睨む。微笑んでいる美影。

倒理と美影——。

倒理「……そういやまだ聞いてなかったな。何でお前、探偵になろうと思った?」

美影「素質があるから」

倒理「素質?」

——」

美影「不可能、不可解——どんな謎でも僕は解ける。ただそれだけだよ」

倒理「……」

四人の中央、鍵がぶら下がっていて——。

5 倒理のアパート近くの道〜倒理のアパート・入り口(日替わり・翌日・夕)

氷雨が来ると、丁度穿地と美影も歩いて来る。

美影「倒理から何か聞いてる?」

首を振る氷雨が携帯のメールを見る。

『今日五時半、うちに絶対来い　御殿場倒理』——。

穿地「昨日のこと、また話し合う気か」

三人でアパートの敷地に入る。

部屋の前、穿地がドアチャイムを押す。
応答はない。
穿地がノブに手をかける。回らない。
美影がドアをノックする。

美影「倒理ー、おいー」
返事がない。

氷雨「また寝てるね」

穿地「自分から呼んだくせに」

氷雨「裏庭に回ろう。窓を叩けば起きるでしょ」

美影「起きなかったらガラスを割って押し入ろうか」

美影が歩き出し、穿地が後に続く。

6 倒理のアパート・裏庭（夕）

穿地と美影が先に歩いて、氷雨が後ろに続く。
倒理の部屋――カーテンがない窓。
部屋の電気は消えている。押し入れの前で倒理がうつ伏せで寝ている。

穿地「御殿場、起きろ」
穿地が窓を叩く。起きない倒理。

穿地「おい、御殿場」
もう一度、叩く。倒理は動かない。

穿地「おい、御――」
倒理の周囲に広がった赤い染みがはっきり見えた――！

穿地・美影「!?」

氷雨「!?」

美影「……倒理！」
美影は足元のブロックを持ち上げ、ガラ

スに叩きつける。割れた穴から手を入れ、錠を開ける。

窓が開く——穿地が入る。

穿地「御殿場！　おい！　御殿場！」

倒理のうめき声——生きてる。

穿地「片無、救急車！」

携帯で救急車を呼ぶ氷雨。

氷雨「(携帯に)救急です。アパートで友人が怪我をして倒れていて——」

美影が部屋に入り、テーブルを見る。

マグカップにはコーヒー。まだ湯気が立っている。

紐のようなものが飛び出ている。

美影が上を向く。電灯の紐が切れている。

美影「……」

氷雨「穿地、救急車はすぐ来る。首、押さえて。止血！」

穿地「わかってる！」

穿地が倒理の上半身を少し抱き上げ、必死に首元の傷を押さえている。倒理は微かな呼吸音だけ。

美影がコーヒーから紐を摑み、持ち上げた。

フックが現れ、キーホルダーつきの鍵——。

美影はジッと動かない。

部屋に踏み込む氷雨。

氷雨「美影、それ……」

美影「一〇三。この部屋の鍵」

氷雨「——」

氷雨が室内を調べる。
思案している美影。必死に首を押さえている穿地。
氷雨、室内を探し終えて、

氷雨「……誰もいない」

美影も穿地も目を見開いて、ある一点を見つめていることに氷雨が気づく。
倒理が倒れていた場所のすぐ前。
押し入れの襖に、血で何かが記されていた。
『ミカゲ』――。

氷雨「!?」
穿地「……ミカゲ……」

穿地が呆然と美影を見る。

美影「ああ……困るよ、倒理」

美影が鍵をテーブルの上に置いて、窓から外に出る。
そして消える。
動けない氷雨と穿地。
救急車のサイレンが聞こえてきて――。

病院・病室（日替わり・翌朝）

倒理が目を開く。
ベッドの傍には氷雨と穿地。

倒理「美影は？」
氷雨「……倒理を見つけたあと、消えた」
穿地「メールが一通だけ。『ごめん』って……。それ以降、連絡が取れない」
倒理「……」

穿地が倒理に顔を近づけ、

穿地「美影だろ。あいつにやられたんだよな？」
倒理「違う」
穿地「あいつは元々そういう奴だった……」
　穿地の頬に涙が伝う。
倒理・氷雨「――」
　穿地が涙を慌てて拭い、
穿地「先生を呼んでくる――」
　穿地が出て行き、倒理と氷雨が二人になる。
倒理「正直死ぬかと思った」
氷雨「……無事で良かった」
倒理「今度美影に会ったら謝らないとな」
氷雨「……何を？」
　答えない倒理が目を閉じて――。

8 同・中庭（時間経過・3月）

　桜の花びらが舞う――。
　首に包帯を巻いた倒理。
　傍には氷雨。天川が訪ねて来ている。
天川「被害届を出さないそうだね」
倒理・氷雨「……」
天川「糸切君も姿を消したまま――何が起きたのかは謎のままにしておくんだね」
氷雨「すみません。こんなことになってしまって」
　天川が二人を見て告げる。
天川「私の経験上、信頼できる誰かが突拍子もない行動を取ったとき、そこにはきっと――誰かへの優しさがある」
倒理・氷雨「……」

天川「その優しさがいつか伝わる日が来ることを願っているよ」

同・病室

倒理が首の包帯を取っている。氷雨が傍にいる。

倒理の首には、いびつな傷跡。

氷雨「……倒理、これからどうするの？」

倒理「美影戻って来ないだろうし、実家戻ってみかんでも（作るよ）」

氷雨「僕と一緒に探偵をやらない？」

倒理「!?」

氷雨「美影のようにはいかない。でも僕たちには得意分野がある。足りない部分は、二人で補うんだ」

倒理と氷雨――。

倒理「一つ条件がある。事務所名、俺に決めさせてくれ」

10 倒理が住んでいたアパート・中

T『現在――』

倒理、氷雨、穿地、美影がいる。

テーブルの中央には、湯気が立ったコーヒー。

美影「そういうわけで――心の準備はいいかな」

穿地「茶番はもういい。犯人はお前だよ、糸切」

美影「……」

倒理・氷雨「……」

穿地「ここに、『ミカゲ』と名前が書き残されていた。あの日、糸切は約束の時間より少し早く御殿場の部屋を訪れた」

美影「……」

穿地「犯人だった君塚のことで御殿場と言い争いになり、故意か偶然かはわからないが、相手の首を切りつけた。そのあと、何食わぬ顔で私たちと合流した」

美影「少し早く、か。確かにテーブルのマグカップはまだ湯気が立っていた。直前に来客があったことは確かだね」

一同の前にあるカップ。

美影「ひとつずつ解いていこう――。電灯の真下にあったこのカップから、部屋の鍵が見つかった。偶然紐が切れて落ちた？　いや、それはない」

美影が紐をナイフで切り、鍵をカップに落とす。

カップの周りにコーヒーが飛び散る。

×　×　×

フラッシュ――シーン6。

テーブルの上は綺麗だ。

美影（声）「あのとき、テーブルの上は綺麗だった。つまり――」

×　×　×

美影は紐を持ち上げて三センチ上から落とす。

飛沫は飛ばない。

美影「――至近距離から故意に落とされた。犯人の手によってね。探偵さん、その狙いは？」

氷雨「鍵を隠すため」

美影「……」

氷雨「そのままだと、窓から覗いただけで鍵があるかどうかわかってしまう。それを犯人は避けたかった。何故なら――僕らが窓を覗いたとき、鍵はまだ室内になかったから」

倒理「トリックはあれだ。密室が破られたあと、鍵を部屋の中に紛れ込ませるってやつ」

美影「チープなトリックだね」

穿地「そういうの好きなくせに。しかもあのとき、カップに近づいたのは糸切だけ」

美影「じゃあ、僕が密室を作った理由は？」

穿地「言い逃れのためだ。御殿場が意識を取り戻し、犯人を指摘すれば一発で全てバレる。でも現場を密室にしておけば、自分には犯行は不可能だと一応の言い訳が立つ」

美影「つまり、犯人は倒理を殺すつもりまではなかったと」

穿地「（願うように）……そうだろう？」

美影「探偵さん、他に意見は？　結論はこれでいい？」

氷雨「君の考えは違うのか……？」

美影「ほとんどの点では合ってる。でも犯人は、僕じゃない」

倒理・氷雨・穿地「――」

美影「それに、犯人が紐を切った理由の答えもやや異なる」

美影がカップから鍵を取り出し、揺らす。

美影「窓を覗いたとき、電気の紐に鍵がぶら下がっていたとしよう。もしその紐が小さく揺れていたらどう思う？」

倒理・氷雨・穿地「……」

美影「『ああ、犯人はほんの少し前まで部屋にいて、鍵に触ったんだ』って僕なら思う。つまり鍵を押さえて揺れを止める時間すらなかったと」

穿地「何が言いたい？」

　　美影が淡々と捲し立てる――。

美影「ものすごくチープな手なんだよ。犯人は他の二人と一緒に倒理のアパートを訪れる。そしてまず、ドアに鍵がかかっていることを確認させる。それから裏に回ることを提案し、二人を先に行かせる。次に素早く鍵を開け、中に入って、コーヒーの中に鍵を入れる。またドアを出て、二人を追う。気づかれる心配もない。ちょっとした移動中に振り向いたりはしないし……何より僕らは一緒なのが当たり前だったから。声はしなくても『後ろにいる』という先入観が邪魔をする」

倒理「……」

穿地「（呆然と）――」

美影「そして怪我人を発見した後、二人を先に部屋の中に。鍵が見つかったタイミングで自分も部屋に入り、犯人が隠れていないか確認する名目で玄関に行って鍵を閉める。これで密室の完成――」

穿地「ちょっと待って。つまり……」

　　美影が氷雨を見る。

氷雨「……」

×　×　×

　　フラッシュ――シーン5。
　　穿地がノブに手をかける。回らない。

×　×　×

氷雨「裏庭に回ろう。窓を叩けば起きるでしょ」

×　×　×

美影が歩き出し、穿地が後に続く。

×　×　×

フラッシュ――シーン6。

穿地が先に入り、美影が次に室内に入る――。

×　×　×

カップからキーホルダーつきの鍵が出てくる――。

美影はジッと動かない。

部屋に踏み込む氷雨。

氷雨「美影、それ……」

美影「一〇三。この部屋の鍵」

×　×　×

氷雨、室内を探し終えて、

氷雨「……誰もいない」

×　×　×

美影「思い出してみてよ。例えば、血――。刃物で首を切ったなら多少血が飛んだはずだよね。僕は白いワイシャツ姿。服についた血を誤魔化すことはできない。でも、コートを着ていた君ならできる」

氷雨「……」

倒理「決め手に欠けるな」

美影「決め手もあるよ」

美影は自分の首をなぞり、

美影「氷雨はこう言った。『穿地、救急車はすぐ来る。首、押さえて。止血！』」

穿地「あっ……」

氷雨「――」

×　×　×

フラッシュ――シーン6。

氷雨「穿地、救急車はすぐ来る。首、押さえて。止血！」

穿地「わかってる！」

美影(声)「窓の外からだと、倒理の様子はよく見えなかった」

× × ×

美影「ねえ、氷雨。なんで傷口が首だって知ってたの？」

氷雨「……」

倒理「……まいったな。俺たちの負けだ」

× × ×

フラッシュ――倒理のアパート・中。(6年前)

倒理が出かけようとして、扉が開く――。氷雨がいる。

倒理「！……もう来たのか？」

部屋に入る氷雨。

倒理「おい」

氷雨「杉好さんに会いに行くんでしょ」

倒理「……」

氷雨「真実を伝えて、そのあとで君塚実と対決するつもりなんだよね」

倒理「……」

氷雨「『絶対来い』って、ここに僕らを集めておけば誰の邪魔も入らない」

× × ×

氷雨がいる。倒理がテーブルの上にカップを置く。

倒理「筋を通したいんだ。俺は会いに行く」

氷雨「だから止めに来た」

倒理「無駄だ」

氷雨「それもわかってる。一度決めたことを君は絶対に譲らない」

倒理「じゃ、コーヒー飲んで留守番してな」

倒理が腰を上げる。

氷雨が立ち上がり、居間の出口を塞ぐ。

氷雨「行かせられない」

倒理「何でそんなに止める?」

氷雨「僕は君のことを……」

倒理「時間だ。行かせてくれ」

倒理が氷雨の胸を押す。腕を摑む氷雨。

氷雨のもう片方の手は、ポケットに入っている。

倒理「どけって。俺はおまえらほど優しくはなれないんだ!」

倒理は無理矢理出て行こうとする。

氷雨「優しいのは——君の方だろ!」

ポケットから手を抜き、その腕を振る。

倒理が驚いて、後ずさる。自分の首を押さえる。

手の裏から溢れる血。

倒理は嬉しそうに笑って——。

倒理「意外と存在感あるな、氷雨——」

倒れる倒理。

氷雨が震える手で、コートを着込み、マグカップを電灯下に移動させる。ナイフで紐をちぎる。

コートのポケットに入れる。

そして、部屋を出てドアの鍵を閉めた

――。

倒理は自分の首をなぞる。

× × ×

氷雨「……」

穿地が混乱していて、

穿地「じゃあ、あの血のメッセージは?」
美影「不可解専門の探偵さん、どうです?」
氷雨「それは……わからない」
倒理「美影はわかってるのか」
美影「あのとき、犯人は氷雨だと察しがついた。倒理を止めようとしたんだろうってことも。でも襖に僕の名前が。で、こう解釈した。これは――依頼だ」

アッとなる氷雨、穿地。

倒理「……」
美影「首を切られて、動けなくなった。声も出せない。ならどうする? 簡単だね。友達に代わりを頼めばいい。だから倒理は気絶する前、最後の力を振り絞って僕の名前を書いた」
倒理「さすがだ、元名探偵」

穿地が呆然と美影を見る。

穿地「じゃあ、杉好さんに伝えたのか。そして君塚に……」
美影「ああ、あいつの飛行機の時間が迫ってたからね」
穿地「……その後どうなった?」

答えない美影。

倒理「迷惑かけたな、重い荷物背負い込ませた」
美影「いや、結果的には良かった。やっぱり僕は探偵には向いてなかった」

穿地「……何も知らなかったのは私だけ」
美影「ごめん」
穿地「（何も言えなくなって）……」
　沈黙している氷雨。
穿地「……片無、どうして御殿場を襲った？」
美影「残った謎を解くべきか、それは二人が決めることだよ。共犯者で居続けた二人がね」
倒理・氷雨「……」

11 探偵事務所『ノッキンオン・ロックドドア』・中（夜）

　倒理と氷雨が戻って来る。
　薬子が出迎える。
薬子「お帰りなさい。丸く収まりました？」
倒理・氷雨「……」
薬子「伝わったので、答えなくて大丈夫です」
　黙って下がる二人。
　訪ねて来ていた神保。
神保「まあ、どんなこともいつかは終わりが来るものだからね」
薬子「私の再就職先、仲介して下さい」
神保「ドライだねえ」
薬子「決めるのは二人。二人が決めたことなら、私は全力で賛成しますから」
　ニコッと笑う薬子――。

警視庁・廊下（夜）

　穿地が歩いて来る。小坪が通りかかる。
穿地「辞めるの、止めるしかない」
小坪「は？」
穿地「いつか必ず私があいつを捕まえる――（何

かに気づき）もしかして……私を警察に繋ぎとめるのも目的で会いに……」

穿地が舌打ちして、小坪に腹パンチ。

小坪「なんで、俺――？」

フッと笑みを浮かべる穿地で――。

13 探偵事務所『ノッキンオン・ロックドドア』・外観（日替わり・早朝）

14 同・中（早朝）

氷雨が荷物を抱えて来る。

氷雨「……」

ソファーで横になっている倒理。

ムクッと起き上がる倒理。

倒理と氷雨――。

倒理「あのとき、どうして俺を止めようとした？」

氷雨「……」

倒理の瞳に映る氷雨の表情――。

倒理「俺が君塚に会ったら何が起きるのか、お前には想像がついていた」

氷雨「……」

倒理「俺を犯罪者にしたくなかった。自分が犯罪者になっても――」

氷雨「（頷いて）……」

氷雨が倒理を見つめる。

氷雨「君はどうして僕が犯人だって誰にも言わなかったの？」

倒理「お前と一緒だよ」

氷雨「え……」

倒理「お前を犯罪者にしたくなかったんだよ」

氷雨「――」

倒理と氷雨――。

氷雨「……僕らって馬鹿かもね」

倒理「今更気づいたのか？」

倒理が氷雨を見つめて――。

倒理「俺たちを繋ぐものは――謎が好き？ 友人？ 腐れ縁？ 何よりお互いに利用価値があることだろ。一人じゃ半人前。二人だからやれる。俺一人じゃ謎は解けない。つまり探偵を続けるのも辞めるのも、一緒だ」

氷雨「――」

倒理「違うか？」

氷雨が手にしていた荷物を置く。

氷雨の頬に涙が伝う。乱暴にそれを拭う。

優しく見つめる倒理。

ドアをノックする音――。

倒理・氷雨「――」

コン、コン。コンコンコン。

コンコンコン。コンコン。……トッ、トッ。

倒理と氷雨――。

ドアの先を見つめる二人。

そして倒理と氷雨が互いに見つめる。

倒理「最初のノックを戸惑った。うちに来るのは初めて」

氷雨「……感覚が短いからかなり慌ててる。でももう一種類、弱い音が」

倒理「子供だ。親を真似てドアを叩いた」

氷雨「焦ってる子連れのお客さんは、普通こんな時間に来ないよね。てことは――」

倒理「――依頼人――」

倒理と氷雨が玄関に向かい扉を開ける——。

確かに女性と子供。

氷雨が笑顔を作って、

氷雨「『ノッキンオン・ロックドドア』へようこそ——」

倒理も氷雨の笑った顔を見て、笑顔で告げる。

倒理「今日は特別だ。どんな謎でも任せろ。——俺たちに解けない謎はない」

徐に子供がメモを差し出す。

訝しげに氷雨が受け取る。

倒理と氷雨がそれを見て——。

倒理・氷雨「!?」

二人の驚きの表情で——暗転。

脚本家・浜田秀哉　特別インタビュー

「ノキドア」執筆の裏側

取材◎新庄圭／撮影◎松山勇樹

X（旧Twitter）世界トレンド1・2位独占、初回見逃し配信の再生数が「オシドラサタデー」枠歴代1位となるなど、多くの話題を呼んだ大ヒットドラマ「ノッキンオン・ロックドドア」。倒理と氷雨の関係性、謎解きの妙など、みどころ満載の本作はいかにして生まれたのか。脚本家・浜田秀哉氏が語りつくす！

ファンタジーな関係性にリアリティを足していった

――どのような経緯で本作に参加されたのでしょうか？

昔からの知り合いであるテレビ朝日のゼネラルプロデューサー・中川慎子さんから、お話をいただきました。ご縁からのスタートではあったのですが、原作を読んだら非常に面白くて、「これは自分がやりたい！」と強く思いましたね。

――原作のどこに惹かれたのでしょうか？

まず探偵が二人という設定、しかもそれが不可能担当と不可解担当という、ありそうでなかった設定だったところです。さらにライバルであり、力関係が変化するバディ感もよかった。このキャラクターでいけば、必ず会話が跳ねるという確信がありました。

INTERVIEW

――作中でも氷雨が助手だとよく間違われていますが、探偵でバディものと言えば、探偵と助手の組み合わせがセオリーですからね。

いわゆるホームズとワトソンの関係ではなく、二人の探偵が平等で、お互いに得意分野があると同時に半人前であり、欠けている部分がある。その凸凹が噛み合えば、絶対に面白くなると思いました。

――そんな二人を演じる主演の印象はいかがでしたか？

ピッタリでしたね。松村北斗さんと西畑大吾さんを想定して、こうすると可愛く見える、こういう掛け合いをすると面白いなどと考えながら脚本を書いていましたが、実際の演技ではそれ以上のものを見せてくれました。

――脚本作業はどのように進めていったのでしょうか？

最初に、TVドラマとしてどういう方向性にするかという話を制作チームと重ねました。まず、原作を読んで面白いと感じたバディ感を軸にして、映像化するにあたって何を足すべきかを考えていくという形です。そこで出たのがリアリティでした。男二人の探偵でライバルという関係が完全にファンタジーの世界なので、事件ものとしてのリアリティをどう両立させるかということを考えながら作業していきました。

――実際にどうやって両立させたのですか？

探偵二人はファンタジーのままにして、周りの人間でリアリティを出していきました。とくに穿地や薬子といった女性陣ですね。彼女たちには原作にはない背景を加えました。あとは本格ミステリーとなると、どうしても現実では起こらない方向性の謎になるので、犯行を起こす側の動機にリアリティを足していきました。

――確かにトリックは原作からそこまで変化はありませんが、動機の部分はかなり膨らませていた印象があ

ります。

原作がよくできているので、トリックを変える必要はなかったですね。そこは自分が面白いと思ったところだし、同時に視聴者も面白いと思うはずですから。ただ、「こういうトリックでした」と映像で描くだけではドラマとして弱いので、動機を膨らませてリアリティを足すことで、見ごたえを補強できるように心がけました。

——作業において苦労された部分はありますか？

もちろん生みの苦しみはありましたが、今回は基本的に楽しくて、そこまで苦労はなかったです。強いて言うなら尺（放送時間）ですね。キャラクターが生きてくると会話が跳ねるので、収まらなくなってしまう。そこをどうまとめるかが難しかったです。

——尺の関係で、入れられなかった原作のエピソードもやはりあるのでしょうか？

クオリティが高いエピソードばかりですから、もっと話数があれば全部やりたかったです。今回は一本のTVドラマとしてのバランスや、物理的に撮影が難しいもの……例えば雪のシーンや壁に大穴を開けるトリックなどが登場する話は避けて構成を決めていきました。

ラブコールを送り合う半人前のバディ

——倒理と氷雨を描くにあたって意識されたことをお聞かせください。

倒理は「論理の人間」、氷雨は「感情の人間」であることを軸に置いて考えていきました。倒理は、むやみに優しさを振りまかない。論理的に考え、相手の人生に責任を持つことができないと割り切っている部分があるからです。いっぽう、氷雨は感情のままに「優しさ以上」の行動を取る。やらない倒理とやりすぎる氷雨。二人になって、人としてのバランスがようやく取れる感じが、最初にイメージしていたところです。

——二人で一つであると。

「俺たちに解けない謎はない」とずっと言わせてきたのも、最後に「俺一人じゃ謎は解けない」(9話)と倒理に言わせたかったからです。美影は一人で謎を解けてしまうけれど、彼らは「俺たち」じゃないと解けない。ずっと「俺たち」「俺たち」と言って、お互いにラブコールを送っている半人前と半人前のバディなんです。でも、この二人なら足し算じゃなくて掛け算になれる——。そういう関係性ですね。

——もともとは美影が倒理を助手に誘っていましたが、彼らなら倒理と氷雨のようなバディにはならなかったですよね。

あそこは完全に主従関係です(笑)。そんな美影がいなくなったときに、「二人でやろう」と言って、倒理と氷雨がスタートラインに立つというのも、原作で魅力的に感じた部分でした。

——謎多き人物として登場した美影ですが、彼にはどのような印象をお持ちですか?

美影は完璧な人間というイメージです。何でもできてしまう人間って、きっと退屈しているんじゃないかと思います。他の人とは物の見方が違っていて、社会と繋がることがなかなか難しい。周りをすごく冷めた目で見ていて、人間に絶望しながらもどこかで期待しているのではないかと想像しました。そんな彼が、社会との接点を持てそうだと思ったのが、大学時代なんです。倒理たちと一緒にいれば、自分も新しい方向、正しい方向に行けると感じていたし、だからこそ大事にしていた。でも、6年前の事件で歪んでしまった……というふうに描けたらなと思いました。

——大学時代の4人の空気感がとても素敵でした。

できることなら、丸々1話くらいかけて大学時代の彼らを描いて、あの関係性が壊れていく瞬間を見せたかったです。4人の関係性も魅力的なのですが、美影と穿地の組み合わせは、青春の匂いがして特に好きでした。この関係性を早く出したかったのもあって、第1話のラストから美影をちょっと登場させて、第2、3話で美影の事件を描くという構成にしました。

——浜田さんは脚本作業に入る前に、キャラクターの身上書のようなものをまとめられているそうですね。

キャラクターの生い立ちや背景をまとめておくようにしています。たとえば倒理なら、なぜ料理を作るようになったのか、氷雨なら高校時代の恋愛はどんな感じだったのかという裏設定のようなものです。そうするとセリフに困らなくなります。セリフはリアクションの応酬です。料理を出されたときに、「ありがとうございます」と言って食べる人間もいれば、「他人から施し（ほどこ）は受けない」と言う人間もいるし、「もっと寄こせ」と言う人間もいる。人物背景を考えておけば、そうしたリアクションを思いつくことができるし、キャラクターに味を出すことができるんです。メインキャラとサブキャラで量は違いますが、登場人物全員分考えました。

観る者の心に残るテーマ設定

——今回、落語で言う「枕」（※落語の本題に入る前の導入部分のことで、これを挟むことでスムーズに本題に入っていけるようにする）を毎話入れていますよね。

テーマを一言に凝縮して、それに関する話を毎回枕でしました。TVドラマは消費されていくジャンルなので、しばらく経つと視聴者の心に何も残っていないということが多々あります。そうならないためにも、テーマを決め、それに沿ってストーリーを展開することを意識しました。

——具体的にどんなテーマだったのでしょうか？

第1話は「想像力」ですね。家族なら相手の気持ちをわかるのか、実は家族だからこそわからない部分があるのではないか……といったテーマから、犯人の動

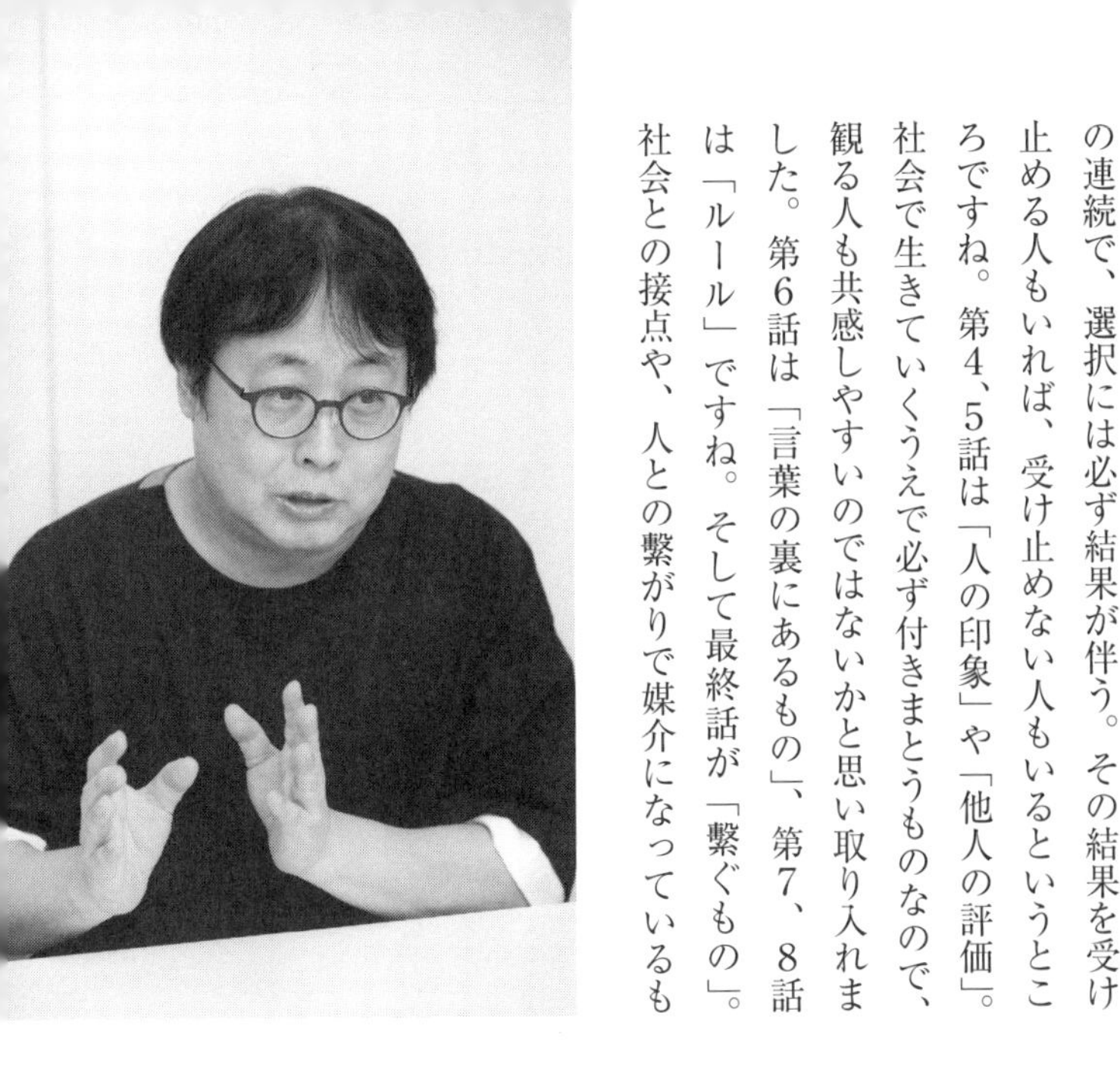

機を考えました。第2、3話は「選択」。人生は選択の連続で、選択には必ず結果が伴う。その結果を受け止める人もいれば、受け止めない人もいるというところですね。第4、5話は「人の印象」や「他人の評価」。社会で生きていくうえで必ず付きまとうものなので、観る人も共感しやすいのではないかと思い取り入れました。第6話は「言葉の裏にあるもの」、第7、8話は「ルール」ですね。そして最終話が「繋ぐもの」。社会との接点や、人との繋がりで媒介になっているものなどをテーマにして、最終的に「倒理と氷雨を繋ぐものは何か」を描きたいと考えていました。

——結局、何が二人を繋いでいたのでしょうか？

利害関係ですね。感情じゃなくて損得なんです。「俺たちを繋ぐものは——何よりお互いに利用価値があることだろ。一人じゃ半人前。二人だからやれる」（9話）という倒理のセリフにあるように、このドライさがいいなと僕は思います。情というものは、いつか壊れるかもしれない。でも、損得をベースにした関係は、それが成立していれば一生続く。そこに落としたいなと思いました。

——なるほど。その倒理のセリフの裏には、深い愛情的なものはあるのでしょうか？

多分、それを感じているのは氷雨です。倒理はそういう人間ではなく、もっとドライ。彼の考え方は数学的で、割り切れない答えは最初から言わない。だからこそ裏切りがないし、ある意味とても信頼できる人物だなと思います。

最終話に取り入れた堤監督のアイデア

――各話を振り返りつつ、こだわりのポイントなどをお聞かせください。第1話は息子が犯人でしたが、そこから転じて母親の話になるという展開がひねりが効いていました。

父親は、才能のなさに悩む息子の気持ちを理解できずにいた。いっぽう母親は、息子の気持ちをわかっていた。そんな息子が父親を殺したとき、母親はどんなリアクションするのだろうか。そこを突き詰めていったときに、芸術一家という家族の特異性も出せるし、突飛なトリックも補強されるのではと考えながら書きました。

――母親の「私はミューズになりたくなかった」というセリフが刺さりました。

そのセリフは、制作チームと話していくなかで出たものです。母親を大落ちにしたいという思いはあったのですが、ブラックな感じだけでは終わりたくなくて。だから母親が泣くシーンを入れました。最初の2回は演技だったけど、3回目は……と謎を残し、「人の気持ちが、この世の中で一番不可解だ。心の謎なんて、俺は解かないと決めている」という倒理のセリフに繋げました。

――第2、3話は原作の「限りなく確実な毒殺」から、動機の部分が補強されていましたね。

先ほどもお話ししたように、「選択」には結果が伴います。それを受け止められるかどうかを私たちは常に問われています。いい結果なら受け入れるけれど、悪い結果だと逃げてしまう人は多い。「選択」に付きまとう覚悟や責任とどう向き合うか。そこを絡められたらと考えながら書きました。

――第4、5話は？

「消える少女追う少女」というエピソードは、倒理と氷雨の優しさが見えてくる話です。これまで依頼人は二人より年上ばかりでしたが、ここで初めて女子高校生の依頼人が現れ、向き合う人間が年下になる。二人の違う側面を見せられるので、第4、5話でこのお話をやろうと決めました。

――第6話の「十円玉が少なすぎる」は、原作でも印象的なエピソードですよね。

この話は、最初の打ち合わせの段階からみんなやりたいと言っていたものでした。原作の中で人気ナンバーワンだったエピソード(笑)。三谷幸喜さんの『12人の優しい日本人』や古沢良太さんの『キサラギ』など、ワンシチュエーションの会話劇って、キャラクターが弾(はじ)ければ面白いんですよね。今回はキャラクターがたっているし、絶対面白いものになるに違いないという思いがありました。ただ、入れどころが難しい。第1話からやると、視聴者を選んでしまう。だから、視聴者がキャラクターや世界観に慣れてきた第6話のタイミングに入れました。

――第7、8話は設定がかなり変わっていますが、原作の「チープ・トリック」が元ですよね?

これは原作の青崎有吾さんに許可をもらって、トリックはそのままに、設定を変えさせていただきました。豪邸で誰か死ぬという展開が第1話に似てしまうところを変えたかったのが第1の理由。第2の理由は、犯人がスナイパーである点。実際にいる可能性は否定できませんが、殺し屋ってファンタジー寄りですよね。事件にはあくまでリアリティを持たせたほうがいいと考えていたので、何か痛みを持っている人間に犯人を変えさせていただきました。さらに、女性の犯人を出したいという案が出てきたので、女性がライフルで人を殺す動機は何だろうと考え話を作っていきました。

――第9話では、ついに6年前の事件の全貌が明らかになります。

倒理と氷雨の「相棒だけどライバル」という間柄に、「犯人と被害者」というもう一つの設定が乗っかり、関係性が掛け算になっているところが原作では魅力的でした。そこをまずしっかり描くことを心がけました。この話は本作を通した謎である「6年前に何が起きたのか」、そしてなぜ「氷雨は倒理に殺されたがっている」のかの解決編です。この謎解きを印象的にしたくて、第1話で氷雨が倒理の傷に触れているシーンを入れました。

――子供が差し出したメモを見て、二人が驚いて終わるというラストも印象的でした。

あれは監督の堤幸彦さんのアイデアです。最終話の打ち合わせしているときに、メッセンジャーから何かを受け取って終わるというラストはどうだろうとおっしゃっていて、それを使わせていただきました。こういう印象的なラストシーンを作ると、そこから続きを作れたりするんですよね。

天川教授をもっと書きたかった

――最後に、主要キャラクター4人以外のことも聞かせてください。原作よりも天川教授の登場シーンが多い印象を受けました。

いや、本当はもっと出したかったです。第1話は氷雨と、第3話は倒理と、第5話で穿地を含めた三人と、最後に美影と順々に絡ませることしかできませんでした。天川教授って、いくらでも出せる役どころなんですよ。倒理たちの関係性に彼が入ると、喋（しゃべ）り方やリアクションが変わってくるので、絶対に面白くなるんです。ただ本筋ではないので、尺の問題で泣く泣く削りました。

――サブキャラクターも含め、書いていて楽しかったり、意外に跳ねたりしたキャラクターはいますか？

小坪ですね。役者さんが駒木根隆介さんに決まってから、上手く転がった感じがしています。登場人物がみんな若いのであえておじさんにしたのですが、映像であそこまで美味しくなっているとは思わなかったです(笑)。

――改めて映像をご覧になって、手ごたえをどのように感じていますか?

自分の作品はなるべく厳しく観て、面白くないときは正直に感想を伝えるようにしています。今回もそう思って観たのですが……いやぁ、面白かったですね(笑)。「こうなればいいな」という想定を超えてきた感じがありました。

――「こうなればいいな」というのは、具体的に言うと?

ドラマ全体のキャッチーさ、会話のテンポ感、役者の関係性の可愛さなどです。それらを高いレベルで備えていながら、心に何かが残る「深さ」もあって驚きました。登場人物たちのことをもっと知りたくなりますし、事件ものならではの、「人間の心の闇」の部分も上手く描かれています。喜怒哀楽が全部入っていて、さすが堤監督だなと思いました。

――良いものが書けたと思っても、それが良い作品になるとは限らない。そんなジレンマを、脚本家の方は常に抱えているものなのでしょうか?

それはありますね。漫画家や小説家は自分で完成まで作りますが、脚本家が作っているのは作品の設計図です。僕が書いたものをもとに、役者さんが演じて、演出家の人が撮るという共同作業なんです。作品の土台を支えるものだから、まずは自分がしっかり脚本を書かなければ、というプレッシャーは大きいです。書き終えた後は、演技や演出などの要素が足し算で重ねられていきます。場合によっては引き算になることもあれば、掛け算になることもあるのがこの仕事の難しいところであり、面白いところ。今回は幸福なことに、想定を超える掛け算となりました。

――いよいよ続きが観たくなってきました。また「ノキドア」のみんなに会える日を楽しみにしています。

CAST

御殿場倒理(28)	松村北斗(SixTONES)
片無氷雨(28)	西畑大吾(なにわ男子)
穿地決(28)	石橋静河
薬師寺薬子(17)	畑芽育
小坪清太郎(45)	駒木根隆介
糸切美影(28)	早乙女太一
神保飄吉(40)	角田晃広
天川考四郎(55)	渡部篤郎

STAFF

原作

青崎有吾『ノッキンオン・ロックドドア』(徳間書店)

脚本

浜田秀哉

監督

堤 幸彦　髙橋 洋人　藤原 知之　稲留 武

音楽

fox capture plan

主題歌

SixTONES『CREAK』(ソニー・ミュージックレーベルズ)
なにわ男子『Missing』(ジェイ・ストーム)

ゼネラルプロデューサー

中川 慎子(テレビ朝日)

プロデューサー

田中 真由子(テレビ朝日)　尾花 典子(ジェイ・ストーム)
長澤 佳也(オフィスクレッシェンド)　石田 菜穂子(テレビ朝日)

制作協力

オフィスクレッシェンド

制作

テレビ朝日　ジェイ・ストーム

ブックデザイン　弾デザイン事務所

浜田秀哉（はまだ・ひでや）

1972年生まれ、香川県出身。サラリーマンを経て、2004年に脚本家デビュー。TVドラマを中心にさまざまなジャンルの作品を執筆。主な作品は、『絶対零度』『プラチナデータ』『やけに弁の立つ弁護士が学校でほえる』『ボイス 110緊急指令室』『イチケイのカラス』など。

青崎有吾（あおさき・ゆうご）

1991年神奈川県生まれ。明治大学卒業。2012年『体育館の殺人』で第22回鮎川哲也賞を受賞しデビュー。著書に『水族館の殺人』『風ケ丘五十円玉祭りの謎』『図書館の殺人』『早朝始発の殺風景』の他、「アンデッドガール・マーダーファルス」シリーズがある。

ノッキンオン・ロックドドア
公式シナリオブック

2023年9月30日　第1刷

脚本　浜田秀哉
原作　青崎有吾

発行者　小宮英行
発行所　株式会社徳間書店
〒141-8202　東京都品川区上大崎3-1-1　目黒セントラルスクエア
編集 03-5403-4349
販売 049-293-5521
振替 00140-0-44392

本文印刷　本郷印刷株式会社
カバー印刷　真生印刷株式会社
製本所　ナショナル製本協同組合

ISBN978-4-19-865710-9